Judith Burger

Ringo, ich und ein komplett ahnungsloser Sommer

Judith Burger

Ringo, ich und ein komplett ahnungsloser Sommer

GERSTENBERG

1

Draußen fliegt die Welt vorbei. Wie ein Taschentuch, das man aus dem Zugfenster hält und dann loslässt, damit der Wind es fortträgt. Loslassen, und zack, weg ist das Taschentuch. Rausgucken, und zack, ist wieder ein Stückchen Welt vorbeigezogen. Es stört mich nicht im Geringsten, denn ich fahre nach Geschrey, da brauche ich die Welt nicht, denn dort ist sie zu Ende. Dort läuft die Zeit langsamer und ich werde dort lauter schöne Dinge machen. Und das Schönste: Ich bin die ganze Zeit mit Ringo zusammen, meinem besten Freund. Der Sommer gehört uns. Und dieses Jahr wird alles noch schöner. Ganz unheimlich wunderbar großartig schön. Von mir aus könnte der Zug noch schneller fahren.

Draußen sieht alles noch genauso aus wie vor einem Jahr und wie in dem Jahr davor und in dem Jahr davor ... Dort, hinter den Bäumen, ist das Seeufer, an dem ich letztes Jahr das Wort Mosaikjungfer gelernt hab. Eine Mosaikjungfer ist eine Libelle. So was weiß Ringo, er ist der klügste Junge der Welt. Der wird Augen machen, wenn er meine Neuigkeiten hört! Ich muss jetzt schon durch die Fensterscheibe grinsen, so als würde er auf der anderen Seite sitzen. Eigentlich voll peinlich, einfach so ins Fenster grinsen, aber egal, es ist sowieso fast niemand mehr im Abteil außer mir, es fahren ja nicht so viele Leute nach Geschrey. Aber bald, wenn endlich Premiere ist, dann werden sie kommen. Ich kann es kaum erwarten! Ich auf der Bühne! Hammer!

Doch trotz der Vorfreude ist da noch ein blödes Gefühl. Wahrscheinlich, weil ich meinen Text immer noch nicht richtig auswendig kann. Aber das krieg ich schon hin.

Doch, ich weiß, warum dieses Gefühl da ist, es ist, weil Ringo die letzten Tage nicht mehr auf meine Nachrichten geantwortet hat. Das fühlt sich irgendwie an wie ein Schatten vor der Sonne. Er schreibt sonst immer zurück! Immer! Keine Ahnung, was los ist. Ach, alles wird sich klären und sowieso wird es der tollste Sommer. Und ich werde berühmt! Quatsch, natürlich nicht, oder vielleicht doch, ein klitzekleines bisschen.

Dahinten in der Landschaft fließt die Wipper, eigentlich gurgelt sie nur vor sich hin, statt zu fließen, weil sie ein kleines Flüsschen ist. Komisch eigentlich, dass es »Geschrey an der Wipper« heißt, als ob man Geschrey ohne den Fluss nicht finden würde. Gut, die Wipper ist schon ein paar Meter breit, aber eben niemals im Leben so groß wie die Elbe. Ich weiß noch, wie ich letztes Jahr mit Ringo in der Wipper stand, an einer besonders flachen Stelle, und wie wir kleine Dämme gebaut haben. Das Wasser ging mir gerade bis zum Knie. So was mache ich nur in Geschrey, zu Hause würden mich Wanda und Hayet bestimmt auslachen. Aber hier kriegt es keiner mit, außer Ringo, der findet alles normal. Mit Ringo ist nichts blöd. Wir streiten uns überhaupt nie.

In Geschrey ist einfach alles anders. Die Abende dauern länger und es ist nicht schlimm, wenn man dann doch irgendwann ins Bett muss. Und früh aufstehen muss man gleich gar nicht, denn ich wache meist von allein früh am Morgen auf und es fühlt sich trotzdem nicht an wie früh aufstehen. Die Sonne scheint wärmer, ein Lagerfeuer knistert lauter, der Regen ist nicht so nass wie anderswo und ich muss Mama und Papa nicht immer sagen, wo ich hingehe und wann ich wiederkomme. In Geschrey darf ich mehr als zu Hause. Ich darf nun auch schon das zweite Mal allein mit dem Zug nach Geschrey fahren. Mama und Papa sind schon längst dort und proben das Stück, aber ich hab erst seit heute Ferien. Die letzten vier Wochen musste ich bei Oma wohnen.

Der Zug fährt am Wald vorbei. Auf irgendeinem der großen Findlinge in dem Wald hab ich mal *Asta war hier* reingeritzt, total peinlich, würde ich heute niemals machen! Kann man eigentlich die Waldbühne vom Zug aus sehen? Ich stelle mich hin. Nein, die Bäume sind zu hoch, aber irgendwo da hinten muss sie sein, mitten im Wald. Dort werde ich in diesem Sommer auf der Bühne stehen! Asta Hennemann auf der Waldbühne in Geschrey an der Wipper! Das klingt gut! Schließlich heiße ich ja auch nach Asta Nielsen. Das war eine berühmte Stummfilm-Schauspielerin, ich hab sie mir mal auf Youtube angeguckt.

»Nächster Halt: Geschrey an der Wipper.« Die Tonbandstimme säuselt, als würde der Zug geradewegs ins Schlaraffenland einfahren. »Ausstieg in Fahrtrichtung links.«

Der Zug ruckelt und beinahe berührt meine Nase die Fensterscheibe, die ganz eklig verschmiert ist. Wenn ich ein

Stück abrücke, kann ich mich in der Scheibe sehen, meine langen lockigen Haare, auf die Wanda immer neidisch ist. Heute trag ich sie offen. Ob man noch mehr von der Landschaft sieht, wenn man die Augen ganz weit aufreißt? Asta Nielsen konnte ihre Augen auch ganz groß machen, das sieht manchmal gruslig aus in diesen uralten Schwarz-Weiß-Filmen.

Nee, geht nicht. Das sieht komisch aus, Ringo würde jetzt bestimmt lachen.

Da ist sie ja, die große Streuobstwiese, die irgendwie aussieht wie ein Bild aus den Bilderbüchern, die ich als kleines Kind hatte.

Halt! Dort ganz am Rand, das ist er doch! Das ist Ringo! Jetzt presse ich meine Nase doch an die Scheibe und hebe den Arm, als ob ich winke. Aber der Zug ist schon vorbei, die Gestalt wird immer kleiner. War das wirklich Ringo? So dünn und so lang! Aber sicher! Ich erkenne doch Ringo Bode, selbst aus einem vorbeifahrenden Zug! Sah er traurig aus? Bestimmt nicht, der wartet nur auf mich.

Einige Minuten später hält der Zug mit einem Ächzen. Mein riesiger Rucksack lässt mich zum Ausgang torkeln, so schwer ist der. Und da steht auch schon Papa!

»Astalavista«, brüllt er über den Bahnsteig. Ich muss kichern, lasse den Rucksack fallen und springe Papa in die Arme. Hinter ihm steht Mama, die leicht die Augenbrauen nach oben zieht.

»Christian, nicht so doll!«

Dann nimmt Mama mich in die Arme.

»Schön, dass du endlich da bist.«

»Aber keine Angst«, sagt Papa. »Geprobt wird erst morgen. Jetzt wird erst mal angekommen.«

In Geschrey kommt es mir immer so vor, als ob hier gar keine Leute wohnen, weil kaum jemand auf der Straße ist. Vielleicht, weil die Fußwege so schmal sind. Viele Menschen haben dort nicht Platz. Es reicht nicht mal für mich, Papa und Mama in einer Reihe. So laufe ich hin und her, mal neben Papa, mal neben Mama.

Die Eisdiele gibt es noch. Ich brauch bloß zu gucken und Papa zieht schon das Portemonnaie aus der Hose.

»Aber wunder dich nicht, in der Eisdiele sind moderne Zeiten angebrochen«, sagt er und grinst.

Gleich darauf sehe ich, was er meint: Es gibt Eissorten mit Salbeigeschmack, Rose-Minze, Gurke-Joghurt oder Lavendel-Quinoa. Puh.

»Gibt's kein Schlumpfblau?«

Die Eisverkäuferin verzieht das Gesicht. »Nein, so was haben wir nicht.«

»Letztes Jahr gab's das noch«, protestiere ich und nehme Schoko und Vanille, das wurde zum Glück noch nicht abgeschafft. Sie gibt mir mein Eis und dreht sich dann einfach um, sie sagt nicht »Auf Wiedersehen« und dann merke ich, sie hat nicht mal »Guten Tag« gesagt. Das ist völlig untypisch für Leute aus Geschrey. Eigentlich laufen immer alle über vor lauter Freundlichkeit, vor allem bei Papa und Mama. Sie sagen dann so was wie: »Einen wunderschönen guten Tag, Herr Hennemann«, oder: »Wie schön, dass Sie wieder bei uns sind, Frau Hennemann«. Ich fand das immer sehr übertrieben, aber Papa hat gesagt, das ist, weil es in Geschrey sonst niemanden gibt, der als Musiker oder Regisseurin arbeitet.

Auf dem schmalen Fußweg kommt uns eine bekannte Gestalt entgegen: Uli. So ist das in Geschrey: Trifft man mal jemand, dann kennt man ihn meistens.

»Nein, die Asta! Die wird immer länger«, ruft Uli und umschließt meine rechte Hand ganz vorsichtig mit seinen beiden großen, schwieligen Händen. Ich muss auf seine buschigen Augenbrauen gucken, einzelne lange Haare hängen aus ihnen herunter, aber selbst die sind freundlich. Uli riecht wie immer nach Pfeifentabak, ein Geruch, den ich nur aus Geschrey kenne.

»Tolle Sachen machen deine Eltern wieder«, sagt Uli, ohne Mama und Papa anzugucken, und deutet mit der Hand in die Richtung, wo der Wald liegt.

»Und ich mache mit«, sage ich, ein bisschen zu laut und zu schnell. Uli nickt lächelnd. Natürlich weiß er längst schon alles und war bei den Proben, denn er ist eigentlich immer da. Ich rücke noch ein Stück näher an Uli heran, sodass ich auch seine weißen Bartstoppeln auf dem faltigen Hals sehe.

»Ach, der Uli, der hat noch ganz andere Zeiten auf der Waldbühne erlebt«, seufzt Mama, als Uli weitergegangen ist.

»Welche denn?«

»Uli hat, glaube ich, sein ganzes Leben auf der Waldbühne verbracht. Er hat sich schon immer um alles gekümmert, dass die Bühne und der Zuschauerraum in Schuss sind, dass abends genug Licht da ist und die Schauspieler pünktlich auf die Bühne kommen. Er ist die gute Seele der Waldbühne.«

»Und weil er immer da war, konnte er irgendwann jede Rolle in- und auswendig«, erzählt Papa weiter.

»Ja!«, ruft Mama und ihre Augen leuchten. »Wenn ein Schauspieler krank geworden ist, so ganz kurz vor einer ausverkauften Vorstellung, dann ist er einfach eingesprungen, egal welche Rolle. Und das Publikum raste jedes Mal vor Begeisterung.«

»Besonders putzig war das, wenn er für eine Frau einspringen musste. Musst du dir vorstellen: Uli im Kleid mit verstellt hoher Stimme, das ging natürlich nur bei lustigen Stücken.«

Meine Augen gehen hin und her, von Mama zu Papa, die in Erinnerungen schwelgen.

»Ich weiß gar nicht, wie so was heute ankommen würde ...«

Mama wird nachdenklich.

»Wieso?«, frage ich.

»Ach, heute beschweren sich die Leute ja immer gleich, wenn etwas anders ist als erwartet. Da geht dann gleich das große Geschimpfe los: Das hätte es früher nicht gegeben, und so weiter.«

Darüber muss ich nachdenken. Wieso freuen sich Menschen in einer früheren Zeit über etwas und später nicht mehr? Das ist eine Frage, wie sie Ringo hätte stellen können. Ringo ist ein großer Frager.

»Jetzt geht's erst mal in die Pension«, bestimmt Mama.

Die Fenster von Geschrey sind alle geputzt. Die meisten sind von innen mit Gardinen verhangen. In den Blumenkästen vor den Fenstern wachsen überall dieselben Blumen, rosafarbene und rote. Nirgends gibt es so viele Gartenzwerge wie in Geschrey. In einem der Vorgärten stehen Gartenzwerge, die Jeanshosen anhaben und Sonnenbrillen auf. Papa zeigt mit dem Finger auf sie und muss lachen. Mama schüttelt den Kopf. »Jeder, wie er mag«, murmelt sie in sich hinein und muss grinsen. Sie fängt einfach so an, ein Lied zu singen. Nach ein paar Takten fällt Papa mit ein. Jetzt denken die Leute in Geschrey bestimmt, dass die Hennemanns komplett bescheuert sind.

Alle aus dem Ensemble wohnen während der Proben und Vorstellungen in der Pension Herrlich. An der Rezeption steht schon Frau Müller und strahlt Papa und Mama an. Sie ist immer noch genauso überfreundlich wie letztes Jahr.

»Willkommen, Asta! Hast du jetzt endlich Ferien?«

Ich nicke und lächele.

»Und wie war das Zeugnis?«

Dass Zeugnisse für Erwachsene immer so wichtig sind! Sie interessieren sich selbst für die Zeugnisse fremder Kinder. Mir würde es im Traum nicht einfallen, nach den Zeugnissen von Frau Müller zu fragen.

»Du hast natürlich wieder dein altes Zimmer, direkt neben deinen Eltern«, sagt sie dann und gibt mir feierlich den Schlüssel. Mama legt den Arm um mich und ich lege meinen Arm um ihre Hüfte und wir gehen hinauf. Die Treppe knarrt zum Umfallen, und als ich aufschließe, ist da gleich dieser Geruch, eine Mischung aus Weichspüler und altem Sofa. Zuerst ziehe ich alle Gardinen vor den Fenstern beiseite, sofort weckt die Sonne tausend Staubpartikelchen aus ihrem Sommerschlaf. Papa stellt den Rucksack in mein Zimmer und Mama will sich gleich daranmachen, ihn auszupacken.

»Oh nee«, rufe ich. »Zuerst muss ich zu Ringo!«

Mama runzelt die Brauen.

Doch Papa grummelt versöhnlich.

»Hau schon ab«, sagt er. »Aber zum Abendbrot bist du da!«

Ich renne die Straße, die wir gerade raufgestapft sind, wieder runter, wieder vorbei an der Eisdiele. Ich weiß nicht, wie oft ich diese Straße in den ganzen Sommern rauf und runter gelaufen bin, jedenfalls muss ich gar nicht mehr nach rechts oder links gucken. Und wo ich Ringo zuerst suchen muss, weiß ich ja. Eine ältere Frau kommt mir entgegen.

»Guten Tag«, sage ich lachend und laufe weiter.

Die Frau bleibt stehen und schaut mir kopfschüttelnd nach.

Ich renne an der Buchhandlung vorbei, doch nun muss ich kurz stehen bleiben: Es hängt schon ein Plakat von uns im Schaufenster!

Der glückliche Prinz

Nach dem Märchen von Oscar Wilde
Eine Produktion von Freie Bühne e.V.

Regie: Gesa Hennemann
Musikalische Leitung: Christian Hennemann

Mit: Lutz Bloch, Lena-Marie Pinkert,
Lavinia Menkemeyer, Marc Reincke

Waldbühne Geschrey an der Wipper
Premiere am 29. Juli

Karten im Vorverkauf erhältlich

Mir wird ganz heiß. In wenigen Tagen ist es so weit! Dann ist Premiere. Mein Name steht nicht mit auf dem Plakat, weil es anfänglich gar nicht geplant war, dass ich mitspiele. Die Idee kam erst später. Die Rolle ist ja eigentlich ganz klein, erst wollte Mama die nämlich streichen! Ich stelle mir vor, wie es ist, wenn irgendwann mal mein Name ganz groß auf so einem Plakat steht.

Ich mache mich vor dem Schaufenster ganz lang und atme tief in den Bauch, so wie es Mama mir gezeigt hat. Die Füße fest in den Boden gestemmt und der Rest ganz lang in die Höhe gestreckt, als ob ich mich auseinanderziehe. Körperspannung. Doch jetzt: weiterrennen! Kleine Schweißperlen laufen mir den Rücken hinunter. Wenn Ringo nicht auf der Streuobstwiese ist, dann gehe ich zu ihm nach Hause.

Doch als ich endlich die Streuobstwiese sehe, werden meine Schritte langsamer. Die ganze Zeit freue ich mich wie verrückt auf Ringo und jetzt, wo ich da bin, fang ich an zu trödeln. Merkwürdig! Das Gras kitzelt an den Beinen, einige Halme sind so borstig, dass sie stechen. Ich bleibe stehen und leck mir über die trockenen Lippen. Wo war die Stelle, an der ich Ringo gesehen habe? Vielleicht ist er längst gegangen? Doch, da hinten bewegt sich doch etwas im Gras. Ringo. Das ist er! Er liegt dort lang ausgestreckt. Typisch Ringo, voll die Ruhe weg! Ich hole drei Mal tief Luft und dann gehe ich zu ihm.

»Hallo Ringo«, sage ich, als ich vor ihm stehe. »Haste schon auf mich gewartet?« Ich grinse. Umständlich richtet Ringo sich auf und ich muss einen Schritt zurücktreten: Ringo ist einen halben Kopf größer als ich. Das ist neu. Im letzten Jahr waren wir gleich groß. Ob es daran liegt, dass er ein kleines bisschen älter ist als ich? Er wird im August dreizehn. Ich erst im Winter.

»Du bist ja total dünn geworden! Und groß!«, platzt es aus mir raus.

Ringo sieht, wie ich ihn von oben bis unten anschaue, und guckt nun auch an sich runter. Wir stehen einfach nur so da. Und dann guckt Ringo ganz komisch an mir rauf und runter, dabei bin ich nicht gewachsen. Ein Zug fährt vorbei. Genauso einer wie der, in dem ich vorhin saß. Wenn die Reisenden jetzt zum Fenster hinausschauen, sehen sie zwei Gestalten am Rand der Streuobstwiese stehen. Wenn sie überhaupt gucken und wenn überhaupt jemand in dem Zug sitzt, weil eben selten jemand nach Geschrey fährt.

»Vor ungefähr zwei Stunden bin ich mit dem Zug an dir vorbeigefahren«, sage ich.

»Echt?«, fragt Ringo.

2

Ringo hat die Hände tief in die Taschen gestopft.

»Bist du also wieder hier«, sagt er.

Ringo braucht immer eine Weile, bis er warm wird, das kenn ich schon. Vor einem Jahr hätte ich ihn jetzt in die Seite gezwickt. Aber irgendwie geht das jetzt nicht. Das ist so ein Gefühl, ich kann es nicht erklären. Weil Ringo jetzt größer ist als ich? Ich kann es nicht leiden, wenn ich nicht weiß, warum sich irgendwas plötzlich anders anfühlt.

»Ja, da bin ich wieder«, sage ich. »Was machst du hier?« Ich gucke auf das platt gedrückte Gras an der Stelle, wo er gerade lag.

»Hab nur so gelegen.« Ringo nickt und geht langsam los und guckt so, als erwartet er, dass ich mitkomme. Irgendwie ist es, als ob jemand eine große Käseglocke über ihn gestülpt hat, und ich renne immer dagegen. Kann mal jemand die Käseglocke wieder von ihm runternehmen?

Wenn Ringo läuft, sieht es anders aus als letzten Sommer, irgendwie lustig. Erst bewegt er seine langen Beine, dann kommt der Rest von ihm hinterher. Wie eine Giraffe.

»Hier geht's lang«, sagt er über seine Schulter hin zu mir.

»Das weiß ich doch!«, rufe ich nun empört. Also ehrlich! Als ob ich nicht mehr wüsste, wo Ringo wohnt!

Ringo dreht sich zu mir um und jetzt, auf einmal, macht es *klick* wie bei einem Fotoapparat. Jetzt ist er endlich richtig da, bei mir und nicht mehr unter einer Glocke. Als ob ihm endlich eingefallen ist, dass ich es bin, die gerade angekommen ist.

»Na klar weißt du das.« Und dann grinst Ringo. Endlich! Jetzt kann ich weiterreden.

»Sag mal, wieso antwortest du mir nicht auf meine Nachrichten?«

»Ach, das Handy. Hab ich nicht mehr.« Wieder verfinstert sich Ringos Gesicht. »Haben meine Eltern eingezogen, auf unbestimmte Zeit.«

»Warum?«

»Dicke Luft bei mir zu Hause, das kann ich dir sagen.«

»Dann ziehst du eben zu mir in die Pension.«

Ringo lacht.

Nebeneinander latschen wir über die Wiese und den angrenzenden Acker. Ich lasse meinen Blick schweifen.

»Hier bei euch gibt's echt Gegenden, wo einfach nichts ist«, sage ich und jetzt wage ich doch einen kleinen freundschaftlichen Stoß in Ringos Seite.

»Es gibt nicht nichts«, sagt Ringo.

Typisch Ringo, er muss alles auf die Goldwaage legen.

»Doch«, beharre ich. »Stell dir einen Ort vor, der ganz schwarz ist, wo es kein Licht gibt, sodass nichts wachsen und leben kann. Dann gibt es dort nichts.« Triumphierend bleibe ich stehen.

Ringo bleibt auch stehen und überlegt.

»Das ist doch etwas. Das Schwarz ist da. Das ist doch

was! Solange man das Nichts beschreiben kann, wie es aussieht, ist es nicht nichts.«

Stimmt. Ringo ist einfach unglaublich.

Wir gehen weiter.

»Es gibt kein Schlumpfblau mehr in der Eisdiele. Aber wenigstens noch Vanille.«

»Besser als nichts«, sagt Ringo. »Das Lavendeleis schmeckt übrigens wie Seife, nimm das bloß nicht.«

Dahinten fängt die Straße an, in der Ringo wohnt. Ein kleines gelbes Haus mit einem Garten drumherum, in dem Blumen in allen Farben blühen. Draußen hängt Ringos Mama gerade Wäsche auf.

»Hallo Frau Bode«, sag ich.

»Ach, hallo Asta«, sagt sie. »Schön, dass du wieder da bist.« Und zu Ringo: »Hast du heute schon gelernt?«

»Ja, heute früh im Bett.«

»Das reicht aber nicht. Das weißt du.«

»Ja, ich mach heute noch mal.«

Die Eltern von Ringo sind ganz anders als meine, vor allem Herr Bode. Er ist selten da, sagt nie viel und guckt immer streng. Frau Bode ist eigentlich nett, aber manchmal auch ein bisschen streng, finde ich. Ringo hat auch viel mehr Aufgaben als ich. Ich muss eigentlich nur mein Zimmer aufräumen, aber auch wenn ich das so gut wie nie mache, meckern Mama und Papa selten.

Dann dringt ein Weinen aus dem Haus und Frau Bode geht hinein. Ringo ist jetzt wieder ein bisschen so wie vorhin auf der Streuobstwiese.

»Wieso sollst du lernen?«, frage ich entgeistert. »Es sind doch Ferien.«

Er kickt mit dem Fuß einen Stein weg.

»Wegen meinem Zeugnis. Es ist das schlechteste, das ich je hatte.«

Eigentlich unvorstellbar, dass Ringo ein schlechtes Zeugnis haben soll, denn er ist doch der klügste Junge, den ich kenne. Er hat in den letzten Monaten mal geschrieben, dass er keine Lust auf Hausaufgabenmachen hat, aber deshalb gleich ein schlechtes Zeugnis? Früher hat Ringo immer alles ganz pünktlich und ordentlich erledigt, deshalb sagt Mama öfter mal: »Wenn du nur halb so ordentlich wie Ringo wärst.«

Hinter ihm erscheint eine kleine Gestalt in der Tür, Lucy, Ringos kleine Schwester. Mann, die ist auch ganz schön gewachsen.

»Hallo Lucy«, sage ich und winke. Sie guckt mich skeptisch an und stopft sich den Daumen in den Mund. »Ringo essen kommen!« Sie presst die Wörter rechts und links neben dem Daumen hervor, stampft mit ihren kleinen Beinchen auf und verschwindet wieder im Haus.

Ein Lieferwagen fährt vor und parkt. *Klempnermeister Uwe Bode* steht auf dem Auto. Laute Musik dringt heraus, die Beatles, auf die steht Ringos Papa. Deswegen heißt Ringo auch Ringo, früher hatten die Bodes einen großen Hund, der hieß Paul, also englisch ausgesprochen: Pol. Wegen Ringo Starr und Paul McCartney.

Ringos Papa steigt aus, er hat einen breiten Rücken und dicke Oberarme voll mit Muskeln, ganz anders als Papa. Er kneift die Augen zusammen, genau wie Ringo, und kommt auf mich zu.

»Ach, die Astrid!«

»Asta«, sag ich und bin ein bisschen empört. Ich weiß nicht, ob Ringos Papa sich wirklich nicht gemerkt hat, wie ich heiße, oder ob er mich veräppelt. Das weiß ich bei ihm einfach nicht. Jedenfalls lacht er jetzt.

»Macht ihr wieder brotlose Kunst?« Er lacht, klopft mir auf die Schulter. »Nichts für ungut. Aber halt unseren Ringo bloß nicht vom Lernen ab, der muss sich nämlich auf den Hosenboden setzen.«

Dann geht er ins Haus. Seine schweren Schuhe hinterlassen Abdrücke auf dem feinen Kies der Einfahrt. Plötzlich bleibt er stehen und starrt auf die Wiese am Haus.

»Au Backe«, murmelt Ringo. »Jetzt hat er Mamas neues Bienenhotel entdeckt.«

»Na und? Ist doch gut.«

Herr Bode seufzt und verschwindet im Haus. Die Tür knallt zu. Kurze Zeit später dringen laute Stimmen aus dem Haus. Frau und Herr Bode reden laut miteinander, sehr laut.

»Was ist bei euch denn los?«, frage ich.

Ringo winkt ab. »Ach, beachte sie nicht, meine Eltern spinnen.«

»Das hört sich ja alles super an«, sage ich. »Heißt das, du hast überhaupt keine Zeit in diesem Sommer?«

»Lass mal. Krieg ich schon hin.«

Jetzt, jetzt muss ich es ihm sagen. Es kann ja nicht sein, dass ich Ringo die beste Nachricht in diesem Sommer noch nicht erzählt hab!

»Weißt du was?«

»Nee.«

»Es gibt super Neuigkeiten!«

»Sag schon.«

»Ich werde dieses Jahr auf der Bühne stehen! Ich werde mitspielen, Ringo! Was sagste?«

Ringo guckt mich an und sieht aus, als würde er überlegen, ob er lächeln soll.

»Okay. Ist das gut?«

»Machst du Witze! Das ist Wahnsinn, das hab ich mir schon immer gewünscht. Schauspielerin, dann hast du eine Schauspielerin als Freundin.«

Urgs, hab ich grad »Freundin« gesagt? Schnell weitersprechen.

»Also, es ist nur eine kleine Rolle, aber ich hab ein bisschen Text und soll sogar ein Lied singen. Ich muss den aber noch richtig lernen, den Text, der sitzt noch nicht. Vielleicht kannst du mich mal abhören.«

Ringo guckt so, als ob er rein gar nichts kapiert.

»Kannst du so was?«, fragt er ungläubig.

»Na klar, sonst hätten Mama und Papa das doch nicht erlaubt. Wir haben das zu Hause schon ausprobiert und jetzt darf ich.«

»Toll«, sagt Ringo und nickt und wiederholt: »Echt toll. Bin gespannt.«

Mehr nicht? Steht der auf dem Schlauch? Versteht der nicht, was das für mich bedeutet?

Ich will gerade weiterreden, da öffnet sich das Fenster.

»Kommst du jetzt endlich, Ringo!«

Peng, Fenster wieder zu.

»Puh«, entfährt es mir.

»Ich sag ja, dicke Luft bei mir. Aber mach dir nichts draus. Sehen wir uns morgen am See?«

»Na klar«, ruf ich. »Aber erst nach dem Mittag. Morgen früh hab ich meine erste Probe!«

Dann trottet Ringo ins Haus, ohne sich umzudrehen.

Auf dem Nachhauseweg sehe ich keinen einzigen Menschen. Aber aus den offenen Küchenfenstern tönt das Klappern von Geschirr. Hinter einzelnen Häusern steigt eine Grillfahne auf. Ein Mann kniet im Vorgarten und zupft Unkraut aus der Erde. Er summt vor sich hin. Durch ein geöffnetes Fenster kann ich eine Frau in ihrer Küche beobachten, die Gardinen sind beiseitegeschoben. Sie steht da wahrscheinlich an der Spüle und wäscht etwas ab. Dann streicht sie sich mit dem Unterarm Haare aus der Stirn, oder Schweiß, sie stützt sich mit beiden Händen auf der Spüle ab, tritt zurück und streckt den Rücken durch. Bestimmt tut ihr der Rücken weh.

»Du bist ja schon da«, sagt Papa, als ich auf die Terrasse komme. Es gibt Abendbrot. Der große Sonnenschirm ist aufgespannt und die Grillen zirpen mörderisch laut. Da kommt auch schon Frau Müller mit den Getränken. In Geschrey darf ich sogar manchmal Cola zum Abendbrot trinken.

»Setzen Sie sich doch zu uns«, sagt Mama zu Frau Müller.

»Gleich, gleich«, flötet sie. Frau Müller liebt es, mit allen im Garten zu sitzen. Lutz singt ihr manchmal Lieder aus alten Operetten vor und spielt dazu Ukulele. Dann kriegt sie immer einen komischen Gesichtsausdruck und wiegt sich auf ihrem Stuhl hin und her.

Mama redet weiter mit Papa. Sie reden über das Stück.

Mamas Regieassistentin ist kurzfristig ausgefallen. Jetzt will sie alles allein machen.

»Das wird noch stressiger, Gesa«, sagt Papa.

Dann versteh ich nichts mehr, denn hinter mir wird es laut. Die anderen kommen auf die Terrasse: Lutz, Lena-Marie und Lavinia. Marc war wohl schon mal da und kommt in ein paar Tagen wieder. Lutz kenne ich am besten, der ist am längsten dabei. Die anderen, die die Technik und das alles machen, kenne ich nicht so gut, weil sie nie so lange vor Ort sind. Die Bühnenbildnerin, mit der Mama zusammenarbeitet, kommt immer mal tageweise vorbei. Bis natürlich auf die Premiere, da sind alle da und Frau Müllers Pension ist rammelvoll.

»Hey, unser neuer Star ist da!« Lutz hebt mich einmal in die Höhe und ich finde das absolut überflüssig. Ich bin doch kein Kleinkind mehr.

»Wir zwei werden ein super Team auf der Bühne abgeben, oder?«

Lutz spielt die Hauptrolle, er ist der glückliche Prinz.

»Zeig mal, hast du geübt? Mach mal ein trauriges Gesicht.«

Ich gucke, so traurig ich kann. Lutz muss lachen.

»Und jetzt mach mal ein verblüfftes Gesicht.«

»Häh?«, frage ich.

»Verblüfft, erstaunt, komm schon, das muss eine Schauspielerin draufhaben. Und du brauchst mehr Stütze in der Stimme, leg mal die Hände aufs Zwerchfell und atme dort hinein.«

»Och Lutz«, sage ich genervt und bin ganz froh, dass wir nun von Lena-Marie und Lavinia gestört werden, Lena-Marie spielt die Schwalbe, Lavinia die Näherin. Und ich gehöre nun dazu. Ich werde Schauspielerin! Wanda will schon lange Schauspielerin werden, sie hat mich erst drauf gebracht. Sie war aber gar nicht neidisch auf meinen Theatersommer in Geschrey, denn sie fährt mit ihren Eltern an den Atlantik. Zu Hause spricht sie immer vor dem Spiegel Filmszenen nach, aber das mit dem Zwerchfell macht sie nie. Manchmal mach ich das mit ihr zusammen, wir zwei vor dem Spiegel. Aber das ist irgendwie ganz anders als bei den Schauspielern von Mama. Die Stimme von Lutz klingt manchmal, als würde er sie von ganz unten hochholen, als ob die in seinem ganzen Körper hin und her wandert.

Ich gehe auf die Toilette und übe vor dem Spiegel ein verblüfftes Gesicht. Ohne Wanda neben mir ist das ganz komisch, es fühlt sich an, als hätte ich Klebstoff im Gesicht. Mein verblüfftes Gesicht sieht eher ängstlich aus. Aber ein verblüfftes Gesicht kann ich in meiner Rolle vielleicht gut gebrauchen, wenn die arme, kleine Streichholzverkäuferin, die ich spiele, merkt, dass ihr der glückliche Prinz hilft. Auf der Bühne klappt das bestimmt viel besser als hier im Badezimmer.

3

»Anna aß acht Apfelsorten am Abhang.«

Sprechübungen sind wichtig, sagt Mama immer.

Lutz, Lena-Marie, Lavinia und ich stehen auf der Bühne und sprechen laut: »Der dicke Diener trug die dicke Dame durch den dicken Dreck. Da dankte die dicke Dame dem dicken Diener, dass der dicke Diener die dicke Dame durch den dicken Dreck trug.«

»Jetzt alle noch deutlicher und versucht mal, im Gleichklang zu sprechen«, sagt Mama, sie sitzt mit Papa in der ersten Reihe.

Ich gebe mir die größte Mühe, aber irgendwie hänge ich dem Sprechchor von Lutz, Lena-Marie und Lavinia hinterher. Lutz lächelt aufmunternd.

»Und jetzt tut mal, als hättet ihr eine heiße Kartoffel im Mund.«

Ich komme mir plötzlich wahnsinnig doof vor. Früher habe ich auf Mamas Proben oft einfach so beim Aufwärmen mitgemacht, weil es lustig ist. Und zu Hause müssen wir immer lachen, wenn Mama neue Zungenbrecher ausprobiert. Aber jetzt, wo ich wirklich auf der Bühne stehe, ist es plötzlich ganz anders.

Der Wind streicht durch die Bäume und nun will Mama,

dass ich meinen ersten Auftritt im Stück einmal durchspiele. Die anderen setzen sich eine Reihe hinter Mama, nur Lena-Marie bleibt neben mir, sie kommt auch in der Szene vor. Es ist meine erste Probe auf der Waldbühne in Geschrey und sie fühlt sich an, als wäre ich gerade eben zur Welt gekommen. Sind das wirklich meine Beine, die hier stehen? Meine Arme, die hier rechts und links herunterhängen? Ich ziehe laut die Nase hoch.

Jetzt sagt Mama: »Mach mal eine große Bewegung mit den Armen, erobere dir den Raum.« Ich versuche es und fühle mich wie ein Vogel, der fliegen will, aber nicht hochkommt. Und irgendwie muss ich an den Kuchen denken, den Mama mal backen wollte. Als sie die Form aus dem Ofen zog, gab es ein Geräusch und der Teig sank in sich zusammen. So ähnlich fühlt sich das jetzt an. Ich seh bestimmt total dämlich aus.

»Asta, du musst dich nur trauen. Mach mal große Schritte. Das alles hier ist deins, die ganze Bühne gehört dir. Wir sind doch unter uns. Versuch mal, jede Bewegung mit zweihundert Prozent zu machen, übertreib richtig, wegnehmen können wir hinterher immer noch.«

Ich schwitze, obwohl die Waldbühne schön im Schatten der Bäume liegt. Lena-Marie fängt plötzlich an, um mich herumzutanzen, so wie sie es als Schwalbe eingeübt hat, und spricht ihren Text. Äh, was sollte ich gleich an dieser Stelle sagen? Hilflos schaue ich zu Mama. Sie steht auf und bringt mir das Textbuch auf die Bühne.

»Dann guck heute noch mit rein. Aber ab morgen sollte der Text langsam sitzen, mein Schatz.«

Ich nicke schuldbewusst. Zum Glück kann ich mich jetzt

an dem Textbuch festhalten und fühle mich nicht mehr so hilflos auf der Bühne. Ich lese also vor, wedele mit dem anderen Arm und versuche, traurig zu gucken. Der Streichholzverkäuferin geht es nämlich schlecht. Lena-Marie und ich spielen die kurze Szene einmal durch. Meine Stimme klingt ganz dünn, wie ein schwaches Blatt, das der Wind gleich vom Ast fegt. Danach schweigen alle. Es ist grauenhaft.

»Okay«, sagt Mama ganz langsam. »Das war schon ganz gut, das machen wir noch mal!«

Mama überlegt.

»Aber zuerst eine Lockerungsübung«, sagt sie dann.

Lena-Marie und ich tun so, als würden wir unter der Dusche stehen, und reiben und klopfen jedes Körperteil ab. Ich weiß nicht, ob das was bringt.

»Und jetzt machen wir die Szene noch mal«, sagt Mama.

Lena-Marie setzt ihr Schwalbengesicht auf und beginnt wieder, um mich herumzutanzen. Ich weiß nicht, wieso, aber plötzlich muss ich lachen. Ich versuche, es zu unterdrücken, weil ich weiß, dass das blöd ist. Aber es lässt sich nicht unterdrücken. Es platzt laut heraus. Und dann verschlucke ich mich auch noch an meinem eigenen Lachen. Lena-Marie guckt beleidigt.

»Was ist denn los, Asta.« Ich höre an ihrer Stimme, dass Mama langsam ungeduldig wird.

Ich hebe die Schultern und lasse sie fallen. Meine Beine sind steif und ich habe das Gefühl, als wäre ich gerade drei Kilometer am Stück gerannt, dabei proben wir gerade mal seit einer Stunde oder so.

»Machen wir Schluss für heute?«, fragt Papa. »Ist ja auch das erste Mal.«

Mama nickt. »Zumindest für dich, Asta. Vielleicht ist heute einfach nicht dein Tag. Mach was Schönes, morgen sieht die Welt dann bestimmt ganz anders aus.«

Ich nicke erleichtert.

»Astalavista«, ruft Papa mir noch aufmunternd hinterher.

Ich trotte zum Bühnenausgang. In den Sommern davor hab ich, wenn ich Lust hatte, oft bei den Proben zugeschaut und in den Pausen mit Lutz Quatsch gemacht. Bei den anderen sah alles immer so leicht aus, vor allem bei Lutz. Manchmal, wenn Mama unzufrieden war, sagte sie zu ihm: »Biet mir was an«, und dann hat Lutz was ganz anderes gemacht und das war dann meistens immer ein bisschen besser als das davor. Bei mir ist das wohl nicht so.

Von der Waldbühne bis zum See braucht man zu Fuß nur eine Viertelstunde. Bei schlechtem Wetter ist der Waldweg ganz aufgeweicht und matschig. Aber das hab ich nur selten erlebt, denn ich bin ja immer nur im Sommer hier. Rechts und links ist Wald, überall zwitschert, huschelt und kraspelt es. Nach einer Weile wird es weiter vorn auf dem Weg ganz hell: Da liegt der See. Der Wald öffnet sich und er ist plötzlich einfach da, als hätte ihn ein Riese von oben aus der Luft mit beiden Händen vorsichtig mitten in den Wald gelegt. Genau wie die Waldbühne. Ein bisschen wirkt der See in Geschrey aber auch, als wäre er hier vergessen worden. Sanft kräuselt sich seine Oberfläche, die Ränder schimmern hellgrün, hier und da mit Schilf bewachsen. Es gibt einen Bootssteg, an dem aber nie ein Boot festgemacht ist. Und meistens ist hier keine Menschenseele. Die Geschreyer gehen vielleicht nicht so gern baden. Uli hab ich hier schon getroffen. Aber selten sind hier mal Kinder. Nur ich. Weil wir jeden Sommer herkommen. Dafür können wir im Sommer nicht viel Urlaub machen. Mama sagt, Urlaub im Sommer ist teuer und das Sommertheater in Geschrey ist wichtig für den Hennemann-Geldbeutel. Weil weder Mama noch Papa irgendwo an einem Theater angestellt sind. Sie sind Freiberufler und arbeiten meistens, wenn andere Urlaub machen.

Ich kann Ringo schon von Weitem sehen. Er hat sein Lager an der Schilfstelle aufgeschlagen, dort gibt es auch einen Flecken mit Sand, genau dort sitzt Lucy. Ich lege mich neben Ringo auf die Decke und versuche, meine Enttäuschung runterzuschlucken.

»Wieso hast du Lucy mitgebracht?«

»Ich muss auf sie aufpassen.«

Na toll, das kann ja entspannt werden.

»Eigentlich war ich heute nur vormittags dran mit Aufpassen und nachmittags sollte sie bei Oma oder den Nachbarn sein, damit ich lernen kann. Aber das hat heute nicht geklappt.«

»Wieso geht sie denn nicht in die Kita?«, frage ich.

»Die Kita in Geschrey hat dichtgemacht.«

»Und jetzt bist du die Kita, oder was? Das ist doch voll ungerecht!«

Ringo guckt zur Seite.

»Wieso ist die Kita zu?«

»Das Haus ist baufällig und es ist kein Geld da, es zu sanieren, sagt Papa. Lucy kann in Mürbitz in den Kindergarten gehen, aber da ist erst ab September ein Platz frei.«

Lucy beginnt, mit einer kleinen Planierraupe zwischen uns hindurchzurutschen, und macht dabei mit dem Mund Motorengeräusche. Ich dreh mich auf die Seite, damit sie mehr Platz hat. Wenigstens gibt sie Ruhe. Steine piksen mich durch die Decke hindurch in die Seite. Ich halte meinen Kopf mit dem aufgestützten Arm, Ringo auch und plötzlich sieht sein Gesicht ganz anders aus. Seine grauen Augen schimmern grünlich, das ist mir noch nie aufgefallen. Liegt das am Seewasser und den grünen Bäumen ringsum?

Ringo richtet sich wieder auf, rupft einen Grashalm ab, legt ihn zwischen seine beiden Daumen und pustet in die Lücke. Ein lauter quietschender Ton kommt heraus, Lucy kichert.

»Noch mal«, ruft sie.

Ringo bläst noch mal.

»Noch mal«, ruft Lucy.

Ringo verleiert die Augen. »So ist sie immer.«

Ringo kitzelt Lucy, sie lacht.

Warum fragt er nicht mal, wie meine erste Probe war? Interessiert ihn das überhaupt nicht? Aber wenn er fragt, was erzähle ich ihm dann? Bestimmt nicht, dass es heute so schlecht lief.

Ich stelle mich gerade hin, lege meine Hände aufs Zwerchfell und atme tief ein und aus, mache mit den Lippen einen schmatzenden Laut und beginne: »Anna aß acht Apfelsorten am Abhang.«

»Was soll das denn?«

»Na, das sind Sprechübungen. Das muss man machen, wenn man Schauspielerin ist.«

Ringo guckt komisch.

»Willst du mitmachen?«

Er lächelt verlegen und schüttelt den Kopf.

Ich atme ganz tief in den Bauch und lasse die Luft mit einem lang gezogenen Laut wieder heraus. Davon versteht Ringo nichts. Ich beobachte ihn aus den Augenwinkeln. Er guckt an mir hoch und runter. Schnell lege ich meinen Arm über meine Brust. Da sind seit einiger Zeit zwei Beulen, die oft wehtun.

»Dann geh ich jetzt ins Wasser«, sage ich. »Kommst du mit?«

»Ich kann doch Lucy nicht alleinlassen. Die macht dann nur wieder irgendeinen Blödsinn.«

Jetzt muss ich wegen Lucy auch noch allein baden gehen. Das läuft hier nicht so, wie ich es mir vorgestellt habe. Ob das blöd für Ringo ist, wenn ich ihn hier mit seiner Schwester sitzen lasse? Aber die nagenden Gedanken, die ich seit der missglückten Probe habe, müssen weg. Ich will sie im See versenken. In Gedanken hat sich das Schauspielen immer so leicht und gut angefühlt und zu Hause im Wohnzimmer ging es auch gut. Ich hab mich auf unseren Teppich gestellt und Mama und Papa vorgespielt, wie sich die Youtuberin benimmt, die Wanda immer guckt. Wanda liebt nämlich auch Mode und Schminken und guckt lauter komische Videos dazu. Mama und Papa haben sich gekringelt vor Lachen und Papa meinte, dass ich gut spielen könne. Aber was war das dann heute auf der Waldbühne?

»Asta? Astaaaa?«

Ringos Stimme ist ganz laut. Ich steh immer noch im Badeanzug am Ufer und starre auf das Wasser.

»Was ist?«

»Bleib doch so nah am Ufer, dass wir uns noch unterhalten können.« Ringo guckt missmutig auf Lucy, die ihm nun Sand über die riesigen nackten Füße mit den langen Zehen schüttet. Irgendwie ist bei Ringo alles zu groß geworden.

»Du bist lustig«, sag ich. »Wenn ich mich nur ein paar Meter weit entfernen soll, kannst du auch reinkommen. Da bist du doch ganz schnell wieder draußen.«

»Nee«, sagt Ringo. »Trau mich nicht.«

»Ach komm.«

Und dann hab ich eine Idee. Wir erzählen Lucy, dass sie die Badepolizistin ist. Ringo und ich gehen ins Wasser und sie muss am Rand stehen bleiben und aufpassen, dass nichts passiert. Sie bekommt Ringos Basecap, damit sie sich noch wichtiger fühlt, und einen Stock in die Hand, mit dem sie sofort wild rumfuchtelt.

Dann rennen wir ins Wasser. Endlich! Es ist britzekalt, trotzdem tauche ich sofort unter. Ich spüre Steine auf dem Grund. Ich würde so gern wissen, wie es da unten aussieht. Wenn jetzt ein riesiger Monsterfisch ganz nah an mir entlangschwömme, ich würde es gar nicht bemerken, weil ich ihn nicht sehen kann. Ob Fische einen unter Wasser angucken?

Ringo und ich winken Lucy zu. Sie steht mit verschränkten Armen am Ufer und guckt streng. Den Stock hat sie schon weggeschmissen. Noch findet sie es toll, Badepolizistin zu sein.

»Nis zu weit«, ruft sie mahnend.

»Wie es ganz tief unten, auf dem Grund des Sees wohl aussieht?«, frage ich. Ringo starrt bibbernd auf die Wasseroberfläche: »Da wird nicht viel sein.«

»Solange man das Nichts beschreiben kann, ist es nicht nichts. Das hast du gesagt.«

»Asta, was denkst du, muss man ein Versprechen eigentlich halten?«, fragt Ringo leise. Das Wasser reicht ihm bis zur Brust. Er hat die Schultern hochgezogen und zittert leicht. Es ist eine Ringo-Frage. Muss man Versprechen halten? Am liebsten würde ich sagen: Na klar, was denn sonst! Aber als ich das aussprechen will, kommen mir Zweifel und ich sehe auch Zweifel in Ringos Gesicht.

»Wenn ich Lucy jetzt verspreche, dass sie nachher ein Eis kriegt, muss ich das Versprechen brechen, denn ich habe kein Geld dabei.«

»Aber genau deswegen versprichst du ihr auch kein Eis«, antworte ich.

»Und warum machen Eltern Versprechen, die sie dann doch nicht halten können?«

Ich schaue auf Ringos lange dünne Arme, die er nun um seinen krumm gebeugten, schlotternden Oberkörper schlingt. Er ist wirklich sehr dünn geworden, dünn und lang. Und jetzt ist er auch noch von einer gigantischen Gänsehaut überzogen.

»Meine Eltern haben mir versprochen, dass die Ferien schön werden, dass wir Sachen unternehmen. Eigentlich wollten wir auch verreisen. Aber jetzt muss ich immerzu lernen und auf Lucy aufpassen. Andauernd meckern sie über alles Mögliche und streiten sich. Du hast wenigstens das Theater, du hast es gut.«

»Das ist total blöd, ich wär auch lieber ohne Lucy hier. Meinst du, sie ist jetzt immer mit am See?«

»Nee, nicht immer.«

»Warum streiten sich deine Eltern denn?«

Ich mache mich kurz lang im Wasser und schwimme einmal um Ringo herum. Ringo dreht sich mit, bleibt aber stehen.

»Wegen jeder Kleinigkeit. Ach, ich weiß auch nicht …« Ringo hält inne. Missmutig lässt er seinen Blick über den See schweifen.

»Worum geht es eigentlich in eurem Stück?«, fragt er.

»Es heißt *Der glückliche Prinz*. Pass auf, der Prinz ist eine Statue voller Gold und Edelsteinen, sehr kostbar und sehr, sehr schön. Er steht auf einem Hügel hoch über einer Stadt. Von dort oben kann er sehen, dass in der Stadt viele arme Menschen leben und viel Not herrscht. Eine Schwalbe macht Rast bei dem Prinzen, bevor sie in den Süden fliegen will, sie setzt sich auf seine Schulter. Sie unterhalten sich. Der Prinz bittet sie, die Edelsteine und das Gold aus ihm rauszupicken und den armen Leuten zu bringen, um ihnen zu helfen. Zum Beispiel einer Streichholzverkäuferin. Die spiele übrigens ich.«

Ich mache eine Pause und überprüfe Ringos Gesicht. Aber ich kann nicht sehen, was er denkt.

»Die Schwalbe mag den Prinzen sehr und sie macht das alles für ihn, aber dann vergisst sie, in den Süden zu fliegen. Und dann kommt der Winter und sie erfriert, weil sie ja nicht in den Süden geflogen ist. Und ohne Gold und Edelsteine finden die Menschen den glücklichen Prinzen plötzlich nicht mehr schön. Deshalb beschließen sie, die Statue einzuschmelzen. Doch das Herz des Prinzen will nicht schmelzen und da schmeißen es die Menschen auf den Müll. Da liegt auch schon die tote Schwalbe. Sie und das Prinzenherz sind die kostbarsten Dinge, die es in dieser Stadt je gegeben hat.«

Ringo starrt mich an.

»Das ist ja traurig!«

»Ja, aber Mama sagt, dass das Stück eine gute Botschaft hat. Das Herz und die Schwalbe sind unsterblich und sie stehen für alles Gute. Eigentlich gibt es sie in jeder Stadt, man muss sie nur suchen, sagt Mama. Papa hat ganz viele Lieder für das Stück komponiert, ich, also die Streichholzverkäuferin, muss auch eins singen.«

»Sing mal!«, sagt Ringo.

»Nee, jetzt nicht.« Schnell tauch ich meine rot gewordenen Wangen in das kalte Seewasser.

Am Ufer gibt es ein Geräusch. Lucy lässt sich auf die Erde fallen und brüllt: »Will nicht mehr!«

Das war's dann wohl. Also raus aus dem Wasser. Für Ringo ist es sowieso höchste Zeit, er hat ganz blaue Lippen.

Wir gehen durch den Wald zurück. Lucy geht zwischen uns, hält uns beide an der Hand und will ständig, dass wir sie in die Luft schleudern. Mir tun schon die Arme weh. Sie wird einfach nie müde.

»Ich hab's zwar nicht versprochen, aber ich könnte dich trotzdem auf eine Kugel Eis einladen«, sage ich. »Lucy natürlich auch.«

Ringo nickt, dann pufft er mich in die Seite.

Zu dritt drängeln wir uns in der Nachmittagshitze unter den Sonnenschirm, der vor der Eisdiele steht. Lucy hat ganz verschwitzte Haare. Ich habe Vanille, Ringo hat Himbeer, Lucy auch.

»Prost«, sagt Ringo und dongt seine Eiswaffel gegen meine.

»Wieso ist es eigentlich so, dass manche eine Eissorte lieben und andere nicht?«, fragt Ringo.

»Wenn es ihnen halt nicht schmeckt«, antworte ich achselzuckend.

»Ja, aber woher kommt das. Wer macht, dass wir beide Lavendeleis nicht lecker finden? Wer oder was bestimmt, was einem schmeckt oder nicht?«

»Wir schmecken mit der Zunge, Ringo, das weiß bestimmt sogar Lucy.«

Lucy macht Schmatzgeräusche und nickt Ringo mit großen Augen zu.

»Und woher weiß die Zunge das?« Ringo lässt nicht locker, aber ich bin mit meinem Latein am Ende.

»Mama sagt, sie hätte als Kind sicher auch kein Lavendeleis gemocht. Sie mochte als Kind zum Beispiel keine Pilze und heute isst sie sie für ihr Leben gern. Aber sie hat immer noch dieselbe Zunge. Woher weiß ihre Zunge plötzlich, dass Pilze gut schmecken?«

Ob es an Ringos Fragen liegt? Irgendwie schmeckt mir mein Eis heute nicht so richtig, obwohl ich Vanille liebe. Die Eisverkäuferin guckt missmutig zu uns rüber. In diesem Moment fängt Lucy an zu schreien, eine Wespe hat sie gestochen. Ringo zutscht wie wild an ihrem Arm, aber Lucy ist durch mit ihrer Laune, sie wimmert und schluchzt und muss dazu immer ganz tief Luft holen. »Mama!«, stößt sie unter Schluchzern hervor. Ringo zieht resigniert die Schultern hoch und trottet mit ihr los. Die Eisverkäuferin schickt mir einen mürrischen Blick. »Kann man nichts machen, passiert halt«, sagt sie. Was die sich überhaupt einmischt.

Ich laufe allein weiter durch Geschrey. Am Dönerladen steht ein Fernseher auf dem Freisitz. Es läuft Fußball. Ein paar Leute sitzen da und starren auf den Bildschirm. Sie scheinen so abwesend, dass man ihnen die Stühle unterm Hintern klauen könnte. Der Mann, der das Fußballspiel kommentiert, wird lauter, die Leute beugen sich auf ihren Stühlen weiter nach vorn. Der Dönerverkäufer kommt von drinnen in die offene Tür gelaufen, sein Blick klebt am Bildschirm. Flehend hebt er die Arme Richtung Himmel. Dann sacken alle mit einem lauten Stöhnen in die Stühle zurück, der Dönermann geht kopfschüttelnd zurück in sein Geschäft. War wohl nichts.

Ich gehe weiter bis zum Markt, hier ist immer irgendwas los. Es gibt immer jemanden, der Gemüse verkauft oder Blumen. Und es gibt einen Stand, an dem haben sich ein paar Menschen versammelt und diskutieren. Hinter dem Tisch, auf dem lauter Flyer liegen, steht auch Frau Bode. Sie redet mit einem Mann und fuchtelt dabei mit den Armen herum. Was macht sie dort? Ich könnte einfach hingehen und fragen. Aber da stehen so viele Leute, die ich alle nicht kenne. Lieber nicht.

Nach dem Abendbrot sitze ich in meinem Zimmer und lerne meinen Text. Doch wenn ich ehrlich bin, hab ich überhaupt keine Lust. Irgendwie finden die Sätze heute in meinem Kopf kein Eckchen, wo sie bleiben wollen. Gedichte für die Schule auswendig lernen geht sonst immer ganz schnell. Aber da ist der Text ein Block. In dem Textbuch hab ich mal ein paar Sätze, dann sagt wieder jemand anders was. Im Grunde muss man auch alles auswendig können, was die anderen sagen. Das nervt.

Die warme Abendluft weht durchs offene Fenster und plötzlich habe ich große Sehnsucht nach Ringo. Ich ziehe mir mein Nachtzeug an und gehe nach nebenan, um Mama und Papa Gute Nacht zu sagen. Die beiden liegen nebeneinander im Bett und lesen. Papa liest ein Buch, um Mama herum sind ganz viele Blätter ausgebreitet, die übersät sind mit Notizen und kleinen Zeichnungen. Die sind beschäftigt. Ich sage Gute Nacht und gehe in mein Zimmer, ziehe mich wieder an und gehe los. Ich nehme nicht die knarrende Treppe, sondern rutsche leise am Geländer hinunter. Ich höre die Stimmen von Lutz und Lena-Marie aus dem Garten und werde noch leiser.

Es ist dunkel und ich glaube, die Laternen in Geschrey leuchten weniger hell als zu Hause. Ich gehe langsam, so ist es unauffälliger, falls doch jemand guckt. Aber niemand ist auf der Straße, alle sitzen in ihren Häusern, Höfen und Gärten, hier und da hört man Musik oder ein Lachen, manchmal kreischt das Lachen. Frau Müllers Pension ist ganz nah am Markt. Ringos Haus ist ein Stückchen weg, in der Nähe der Wipper, wo die Felder beginnen. Bei Ringo angekommen höre ich Stimmen aus dem Garten. Ringos Eltern sind nicht allein, ich höre noch andere Stimmen.

Zum Glück zeigt Ringos Fenster nicht nach hinten zum Garten, sondern nach vorn. Vorsichtig muss ich trotzdem sein. Ich schmeiße ein kleines Steinchen an seine Scheibe. Hoffentlich wird Lucy nicht wach. Noch eins. Und noch eins. Ist der taub, oder was?

Endlich taucht Ringos kurz geschorener Kopf im Fenster auf.

Ich lege den Zeigefinger auf den Mund und winke, er soll runterkommen. Ringo nickt.

Ich gehe wieder vor das Haus, ein Stück weiter weg, damit ich nicht genau unter der Laterne stehe und schon von Weitem zu sehen bin.

Ringo kommt.

»Was ist denn los?«

»Nichts, nur so.«

»Nur so?« Ringo guckt mich entgeistert an.

»Weil Lucy uns heute den Tag vermiest hat. Müssen wir eben die Nacht zum Tag machen.«

»Warte, ich weiß, wo wir hingehen«, sagt Ringo.

Lautlos laufen wir durch das nächtliche Geschrey, wir sehen niemanden. Von Ringo weiß ich, dass die meisten Kinder aus Geschrey den Sommer woanders verbringen. Die fahren weg, zu Oma oder Opa oder ins Ferienlager oder in den Urlaub, wie Wanda mit ihren Eltern an den Atlantik. Und ich fahre nach Geschrey. Vor einem Flachbau stoppt Ringo, es ist die alte Kita von Geschrey. Wir klettern über den Zaun, eine Seitentür ist offen, wir gehen rein.

»Ich war hier schon ein paar Mal drin, seit sie vor einem halben Jahr geschlossen wurde«, sagt Ringo.

»Und was machst du hier?«

»Nichts. Einfach so. Jetzt ist es hier so schön still, ganz anders als früher, als die Kinder noch da waren. Aber es darf natürlich niemand wissen, dass ich hier einfach reingehe. Angeblich ist das Gebäude nicht mehr sicher, aber ich glaube, das sagen die nur so.«

Das Gebäude ist leer und zappenduster. Ringo macht die kleine Taschenlampe an, die an seinem Schlüsselbund hängt, und führt mich in den Waschraum im Erdgeschoss. Hier müffelt es ganz schön. In Hüfthöhe befinden sich fünf kleine Waschbecken in einer Reihe an der Wand, bis auf eins, das hängt zur Hälfte runter.

»Warst du das?«, frage ich.

Ringo schüttelt den Kopf. Ich drehe an dem Hahn, es gluckert und röchelt und dann kommt braunes Wasser. Die Hakenleisten an den Wänden sind noch dran, auch wenn es überall bröckelt. Über jedem Haken an der Leiste klebt ein Bild. Jedes Kind hatte hier sein Bild über dem Handtuchhaken, damit es weiß, wo sein Handtuch hängt.

»Weißt du, welches Bild Lucy hatte?«

»Eine Schnecke. *Necke* hat sie immer gesagt.«

Ich sehe die Schnecke sofort. Hier stand die kleine Lucy und hat sich ihre kleinen Hände abgetrocknet. Ich kauere mich mit Ringo ins breite Fensterbrett, das zum Garten zeigt.

»Jetzt sag mal, was ist bei dir zu Hause nur los? Du sollst in den Ferien lernen und deine Eltern schreien sich an.«

Ringo seufzt. »Die haben Stress. Papa wollte Mama eine Kreuzfahrt schenken.«

»Ja und? Ist doch schön.«

»Nee. Ein Kreuzfahrtschiff macht mehr Dreck als Zehntausende Autos.«

»Echt? So viel?«

Ringo nickt. »Hat Mama gesagt. Sie ist jetzt in so einer Gruppe, die wollen, dass die Umwelt besser geschützt wird. Und Papa geht das auf den Keks.«

»Aber eine saubere Umwelt ist doch gut!«

»Klar. Aber Mama ist deswegen dauernd weg, entweder im Büro oder mit der Umweltgruppe unterwegs. Dann hab ich letztens gelauscht, da hat Papa Mama vorgeworfen, dass sie sich so verändert hätte. Aber dann haben sie mich bemerkt und mich gleich lernen geschickt. Haben sie nur gemacht, um mich aus dem Weg zu haben, glaube ich. Und Lucy hat ja gerade keinen Kita-Platz.« Ringo macht mit dem Arm eine Kreisbewegung durch den Raum als Erklärung, dass ja der Kindergarten geschlossen ist. Dafür sitzen wir jetzt hier.

Aber irgendwie versteh ich das alles nicht so richtig.

»Also, deine Mama ist eine Umweltschützerin und deinem Papa geht das auf den Keks. Und deswegen hast du Stress? Häh?«

Ringo starrt durch die Fensterscheibe, durch die kaum etwas zu sehen ist wegen der Dunkelheit. Er malt mit dem Finger ein Strichmännchen in den Schmutz.

»Weiß ich doch auch nicht. Sie streiten andauernd. Er schimpft, dass sie nicht mehr so oft zu Hause ist. Dann schimpft sie zurück, dass er ja auch immer erst spät kommt. Dann ist Mama jetzt Vegetarierin und es gibt deswegen nur noch sonntags Fleisch. Papa will aber mehr Fleisch essen und dann sagt sie, er soll es sich selber zubereiten. Und dann streiten sie wieder. Einmal ist Papa über Nacht weggeblieben und Mama hat geweint.«

»Mist«, sage ich.

»Und immer, wenn ich was fragen will, sagen sie, ich soll lernen gehen.«

»Ich verstehe überhaupt nicht, warum du ein schlechtes Zeugnis hast, Ringo.«

Ringo zieht die Schultern ganz hoch, dann lässt er sie wieder fallen. Zwei spitze Knöchel ragen rechts und links aus seinen Schultern heraus.

»Ich finde es ja gar nicht so schlecht. Okay, in einigen Fächern bin ich eine Zensur runtergerutscht. Aber nur, weil ich so oft unvorbereitet bin, Hausaufgaben vergesse, nicht mehr so viel mitarbeite. Irgendwie nervt mich Schule gerade. Immer nur lernen.«

»Für mich bleibst du trotzdem der Klügste.«

Ringo versucht zu lächeln, aber es klappt irgendwie nicht.

»Manchmal versteht man doch die ganze Welt nicht, oder?« Ringos Stimme macht einen Purzelbaum und klingt plötzlich höher als sonst. »Warum muss man überhaupt zur Schule gehen?«

Wenn Ringo einmal mit dem Fragen anfängt …

Er springt vom Fensterbrett und geht aus dem Waschraum. Ich laufe hinterher. In einem Zimmer steht noch ein kleiner Stuhl, er ist kaputt, die Lehne fehlt. Ringo setzt sich trotzdem drauf und streckt seine langen Beine aus, sie ragen wie zwei Tentakel aus dem minikleinen Stuhl.

Ich hocke mich vor ihn hin.

»Na ja, ohne Schule geht es halt nicht. Sonst kann man ja keinen Beruf lernen und so. Du weißt schon.«

»Ich will keinen Beruf«, sagt Ringo.

»Häh, wie meinst du das?« So habe ich Ringo noch nie erlebt, so unzufrieden, dass er plötzlich gegen alles ist.

»Ich will kein Klempner sein wie Papa. Ich will nichts verkaufen, ich will nicht bauen, nicht Lehrer sein. Ich will gar nichts. Ich will einfach nur da sein.«

»Aber irgendwas musst du machen«, beharre ich. »Fragen stellen zum Beispiel«, ergänze ich.

Jetzt lächelt Ringo. »Das ist okay«, sagt er. »Ich werde Fragensteller.«

Plötzlich macht es *kracks*. Der Stuhl kracht zusammen, Ringo liegt auf der Erde, die Taschenlampe kullert über den Fußboden. Vor Schreck plumpse ich rückwärts auf den Hintern. Wir müssen lachen, aber Ringo reibt sich den Rücken.

»Und warum passt der große Ringo nicht auf den kleinen Stuhl?«, ziehe ich Ringo auf.

»Still«, sagt Ringo. Da höre ich es auch. Draußen sind Stimmen auf dem Fußweg. Ringo macht die Taschenlampe aus.

»Warum nur leuchtet eine Taschenlampe?«, albere ich weiter herum.

»Weil sie Energie von einer Batterie bekommt.« Ringo kichert.

Dann sagen wir eine Weile nichts und warten, bis die Leute draußen wieder weg sind.

Ringo richtet sich auf. Er macht die Taschenlampe an und leuchtet mir ins Gesicht. Es blendet, ich schirme meine Augen mit meiner Hand ab.

»Warum sind wir hier?«, fragt Ringo. Jetzt ist seine Stimme wieder tiefer.

»Weil wir Freunde sind«, sage ich ganz leise. Zum Glück sieht Ringo nicht, dass ich ganz rot im Gesicht bin, weil er die Taschenlampe schon wieder runtergenommen hat.

»Du bist so groß geworden, Ringo.«

»Aber du siehst doch auch anders aus als letztes Jahr.«

»Wirklich?«

»Ich finde schon.«

»Ich habe ein paar Zentimeter von meinen Haaren abgeschnitten.«

»Das meine ich nicht.«

Eine Weile stehen wir noch schweigend im Dunkeln am Fenster und schauen hinaus auf die leere Straße. Eine Katze läuft unter der Straßenlaterne von links nach rechts.

»Ich bringe dich noch ein Stück«, sagt Ringo. Am Eingang steht ein Einkaufswagen, den ich vorhin gar nicht bemerkt habe.

»Den hab ich letztens einfach nach dem Einkaufen mitgenommen«, sagt Ringo, als er meinen fragenden Blick sieht. »Ich dachte, vielleicht kann ich Lucy damit ein bisschen bespaßen. Wollen wir ihn ausprobieren?«

Ringo hat einfach einen Einkaufswagen geklaut. Cool. So was hat er früher auch nie gemacht.

»Los, setz dich rein«, sag ich.

»Ich?«

»Na klar.«

»Ich dachte, ich schieb dich.«

»Jetzt ist es eben umgekehrt.«

Es dauert eine Weile, bis Ringo richtig in dem Wagen hockt. Seine Knie ragen hoch bis an seine Ohren, so lang sind seine Beine. Und seine Mundwinkel reichen bis hoch zu seinen Augen, so sehr grinst er. Ich beginne, den Wagen zu schieben. Mitten auf der Straße, wo der Asphalt glatt ist. Dort sind die Rollen nicht ganz so laut und es geht leichter. Ich werde immer schneller, immer schneller. Noch sind alle Fenster in Geschrey dunkel, alle schlafen. Wir denken nicht daran, zu schlafen. Ringo klammert sich mit den Händen an dem Wagen fest, so schnell renne ich. Da liegen sie alle in ihren Betten, hinter ihren Fenstern mit den Blumenkästen, hinter den Gardinen. Sie liegen da und vielleicht werden einige von ihnen wach, weil sie das Rattern von unserem Einkaufswagen hören, aber sie werden nicht drauf kommen, was das ist, denn ich wette, dass es in Geschrey so gut wie nie vorkommt, dass ein Mädchen einen Jungen in einem Einkaufswagen mitten in der Nacht durch die Straßen schiebt.

Noch schneller! Vielleicht also hören sie das, bleiben aber im Bett liegen, weil sie zu träge sind aufzustehen oder weil sie sich nicht trauen, weil das Rattern ihnen Angst macht. Meine Gedanken werden auch immer schneller. Ringo zeigt mit der Hand, welchen Weg ich fahren soll. Aber jetzt wird der Weg holpriger und ich deshalb langsamer. Und so verlangsamen sich auch meine Gedanken. In meinen Wangen pulsiert es. Wir sind nahe der Wipper und ich kann in der Ferne ein lautes Geräusch hören, ein Rauschen, es wird immer lauter, je näher wir kommen. Und dann sind wir da. Ringo klettert umständlich aus dem Einkaufswagen, er hat mich an das Wehr geführt. An die Stelle, wo aus der gurgelnden Wipper eine kleine wilde Furie wird. Das Wasser ist dunkel, laut. Schwer atmend stehe ich am Geländer und schaue hinunter, wo sich das Wasser mit Getöse hinunterstürzt. Es ist kein großes Wehr, aber trotzdem, wenn ich runterschaue, wird mir schwindlig. Ringo steht ganz nah neben mir und stiert ebenfalls in das Getöse.

»Warum hat Wasser nur so eine Kraft?« Er muss lauter sprechen, um die wild gewordene Wipper zu übertönen.

Im ersten Augenblick will ich »Weiß nicht« sagen, doch halt, ich weiß es besser: »Weil es sich verwandeln kann«, sage ich und wundere mich über meine Antwort.

Ich schließe die Augen und stelle mir vor, ich würde mich zusammen mit dem Wasser in das Getöse weiter unten stürzen, herumgewirbelt werden, kreiseln, doch dann würde ich tiefer tauchen und ganz unten wäre das Wasser wieder ruhig. Wenn man es durch das Wilde und Laute geschafft hat, dann kommt irgendwann die Ruhe. Bestimmt ist das so. Ich schaue zu Ringo, der genauso ruhig ist wie das Wasser ganz unten in der Tiefe. Ich atme ganz tief die Nachtluft ein. Ringo leuchtet mit seiner Taschenlampe in das Wasser, aber wir können nichts sehen, nur die Bewegung an der Oberfläche.

»Ob es hier Fische gibt?«

»Dann wären die wie besoffen, so wie das Wasser wirbelt und rauscht.«

Ringo lacht. Es klingt wie ein Gluckern.

»Können Fische das Wasser rauschen hören?«

Ich nehme seine Taschenlampe und leuchte ihn an, doch Ringo guckt weiter ins Wasser. Seine Wange, die zu mir zeigt, glüht rot. Ich sehe, dass kurz über seinem Ohr ein paar Haare überstehen, die hat wohl derjenige vergessen, der ihm zuletzt die Haare geschoren hat. Sonst sind Ringos Haare überall auf dem ganzen Kopf nur wenige Millimeter lang, aber da überm Ohr, da wurden welche vergessen. Ob sie sich weich oder borstig anfühlen, wenn man drüberstreicht?

Auf dem Rückweg bin ich an der Reihe mit Im-Einkaufswagen-Sitzen. Langsam schiebt mich Ringo durch das stille Geschrey. Irgendwann taucht links von uns ein Feld auf, an dieser Stelle ist Geschrey zu Ende. Das Feld liegt wie ein riesiger dunkler Schlund neben uns, gespenstig. Ringo macht mit den Fingern und dem Mund ein Geräusch, es klingt wie ein Käuzchen oder so. Und dann sind wir auch schon an der Ecke, wo wir uns trennen müssen.

»Was wird aus dem Einkaufswagen?«, frage ich.

»Egal. Weiß doch keiner, dass es unserer ist.«

»Stimmt auch wieder.«

Ringo schiebt den Wagen ganz dicht hinter ein Gebüsch, sodass man ihn nicht gleich von der Straße aus sieht.

»Den holen wir uns später wieder ab.«

Noch ein Blick, und wie auf Kommando drehen wir uns um und rennen los, jeder in seine Richtung.

Wieder in der Pension, klettere ich das Geländer hinauf. Leise klemme ich meinen rechten Fuß in die Zwischenräume der Sprossen, mache mit dem linken Fuß einen Schritt weiter nach oben in die Sprossen, ziehe mich mit den Händen am Geländer ein Stück nach oben, setze den rechten Fuß wieder ein Stück weiter. Das Geländer macht kein Geräusch und ich muss lächeln deswegen. Doch oben angekommen, kriege ich einen Riesenschreck. Papa sitzt auf der Treppe, er hat mir die ganze Zeit zugeschaut.

»Astalavista«, sagt er mit ernster Miene. »Wo kommst du jetzt erst her? Warte, lass mich raten: von Ringo?«

Zerknirscht setze ich mich neben ihn.

»Sei leise, Mama schläft. Was fällt dir ein, so lange weg zu bleiben?«

»Aber in Geschrey darf ich doch immer …«

»Es ist nach Mitternacht«, flüstert Papa mit Nachdruck.

»Ach, Papa, kennst du das, manchmal ist alles so schön, aber irgendwie auch rätselhaft.«

»Klingt kompliziert«, sagt Papa. »Morgen früh ist Probe, Asta. Du musst jetzt schlafen.«

Ich nicke.

»Hast du deinen Text drauf?«

Ich stoße geräuschvoll Luft aus. »Ich denke schon.«

Aber das ist gelogen.

5

Es reicht schon, wenn ich am Bühnenaufgang stehe, sofort fährt mir ein Schrecken in die Glieder. Ich verstehe das nicht. Wenn ich vor der Klasse einen Vortrag halten muss, hab ich doch auch keine Probleme. Aber wenn ich daran denke, wenn ich mir vorstelle, wie ich da vorn auf der Bühne stehe und spiele, fühle ich mich wie eine Kaulquappe. Dabei kann ich gar nicht wissen, wie sich eine Kaulquappe fühlt, würde Ringo jetzt sagen. Bloß gut, dass er mich nicht so sieht.

»Asta, wo bleibst du denn?«

Mama ruft aus den Zuschauerreihen. Ich soll heute auch das Lied singen, das zu meiner Rolle gehört. Plötzlich höre ich hinter mir ein Geräusch, und ein paar Hände schieben mich plötzlich auf die Bühne. Es ist Lutz. Er lacht, doch mein Herz beginnt, wie wild zu schlagen. Meine Beine sind ganz zittrig. Lena-Marie kommt hinzu. Sie guckt ernst.

»Vergiss mal den Text, meine Kleine«, raunt Lutz mir ins Ohr. »Du und Lena-Marie, ihr improvisiert jetzt einfach eure Szene. Du weißt doch, was passiert. Sag einfach das, was du an Stelle der Streichholzverkäuferin sagen würdest.«

Lena-Marie nickt mir zu. Die beiden haben sich abgesprochen. Es ist wohl ihr Plan, um mich aus der Reserve zu locken. Ich fühle mich entsetzlich blöd dabei.

Die Schwalbe beginnt, um mich herumzutanzen, sie fragt mich, warum ich so traurig gucke.

Ich verschränke die Arme und überlege, was ich jetzt sagen könnte.

»Nicht die Arme verschränken«, ruft Mama von ihrem Regieplatz aus. »Damit blockst du doch alles ab, du machst nur dicht. Du musst dich mehr öffnen!«

»Pst«, sagt Papa.

Ein Wind streicht durch die Bäume, die an der Bühne stehen. Es raschelt und ich wünsche mir, ich könnte jetzt ganz oben auf einem der Bäume sitzen und von dort runtergucken.

Ich lass die Arme wieder baumeln.

»Schlecht geht es mir«, murmele ich zur Schwalbe. Das hört sich vielleicht bescheuert an!

»Weiter«, flüstert Lena-Marie mir zu.

Kriege ich überhaupt genug Luft? Ich atme doch viel zu wenig. Ganz tief hole ich Luft und muss husten. Ich guck an Lena-Marie vorbei und spreche weiter:

»Ich hab kein Geld, und Hunger, und meine Streichhölzer, die ich verkaufen muss, sind mir in die Pfütze gefallen. Jetzt sind sie nass …«

Mir fällt nichts mehr ein. Ich weiß ganz genau, wie es der armen Streichholzverkäuferin geht, aber ich weiß nicht, wie ich es ausdrücken soll, und den richtigen Text hab ich vor Schreck schon wieder vergessen. Ich merke, wie mir eine Schweißperle die Schläfe entlangläuft. Ob ich Fieber habe? Lena-Marie schaut dem Weg der Schweißperle hinterher und runzelt die Stirn.

Jetzt sagt die Schwalbe, sie wolle mich dem glücklichen Prinzen vorstellen, der könne mir helfen, denn der glückliche Prinz sei die Lösung für alle Probleme. Lutz steht plötzlich vor mir, sein Gesicht ist ernst.

»Denk an das, was die Streichholzverkäuferin jetzt am liebsten haben würde«, flüstert er mir zu. Er will mich hochheben und ich weiß nicht, warum, aber plötzlich mache ich mich ganz schwer.

Lutz schnauft. »Wieso bist du denn plötzlich so schwer? Das schaff ich nicht.«

»Vielleicht ist das mit der Improvisation doch nicht das Richtige«, mault Lena-Marie in den Zuschauerraum. Ich sehe, wie sie geräuschvoll die Luft einzieht und die Augen rollt. Blöde Kuh. Ich drehe meinen Kopf zu den Stuhlreihen. Mama und Papa sitzen in der dritten Reihe.

Und Ringo.

Was?!

Was macht Ringo hier? Wie lange ist er schon da? Mist, jetzt hat er gesehen, wie bekloppt ich mich anstelle. Das darf doch nicht wahr sein! In meinem Kopf beginnt es zu rauschen, nachdenken geht jetzt nicht, nicht hier. Und dann geht alles ganz schnell.

Ich renne von der Bühne, ich kann gar nichts dagegen machen, meine Beine rennen von ganz allein. Ich höre, wie jemand meinen Namen ruft, aber ich renne einfach weiter, den Weg hinter der Waldbühne entlang, wo die Bungalows stehen, dort hinein, bis die Tür der Garderobe hinter mir zuknallt. Wieder nicht. Ich hab es schon wieder nicht hingekriegt! Und blamiert hab ich mich bis auf die Knochen.

Wenig später klopft es. Obwohl ich niemanden hereinbitte, öffnet Mama die Tür. Sie kommt und nimmt mich in die Arme und ich heul sofort los.

»Das ist kein Weltuntergang, Asta.«

»Aber es ist so peinlich.«

»Ist es nicht.«

»Ich krieg das nicht hin«, schluchze ich.

»Aber das macht nichts.«

»Aber zu Hause ging es doch auch.«

»Dann haben wir uns eben geirrt. Eine große Bühne ist was anderes als ein Wohnzimmer. Du musst das hier nicht machen. Ich glaube, du hast ganz schreckliches Lampenfieber, und Lampenfieber darf man nicht unterschätzen.«

»Aber ich hab mich so drauf gefreut. Ich will das! Ich will doch Schauspielerin werden.«

»Asta, mein Schatz, jetzt steck den Kopf nicht gleich in den Sand. Ich denke, du machst mal eine Weile Pause und lernst erst mal deinen Text richtig. Dann probieren wir es noch mal. Und wenn es dann immer noch nicht geht, dann eben nicht. Wir finden eine andere Aufgabe für dich, wenn du unbedingt mitmachen willst.«

»Was für eine andere Aufgabe?«

»Weiß ich jetzt nicht. Irgendwas hinter der Bühne. Müssen wir dann sehen.«

»Ich will aber nicht hinter der Bühne sein, ich will auf der Bühne stehen.«

Mama seufzt. »Wir werden sehen. Jetzt geh erst mal zu Ringo, der wartet auf dich.«

Ringo denkt bestimmt, ich bin bescheuert. Erst prahle ich mit meinem Auftritt und dann blamiere ich mich so. Warum ist das so? Warum kann ich nicht spielen? Das ist ja eigentlich eine Frage für Ringo, eine seiner Warum-Fragen, auf die es keine Antwort gibt. Von Weitem sehe ich ihn, wie er am Kassenhäuschen der Waldbühne steht, die Hände tief in die Taschen vergraben. Langsam trotte ich auf ihn zu und überlege, was ich jetzt sagen soll. Als er mich sieht, nimmt er sofort die Hände aus den Taschen.

»Da bist du ja endlich.«

»Hättest doch weiter den anderen bei der Probe zugucken können«, sag ich. Angucken kann ich ihn dabei nicht.

»Ich wollte dich sehen.«

»Dann weißt du es ja jetzt.«

»Ach, Asta … vielleicht war das heute nicht dein Tag.«

»Dann hatte ich schon zwei Tage, die nicht meine waren.«

Ringo schweigt.

»Sag mal, du bist doch der Spezialist in Sachen Fragen: Warum kann ich nicht spielen?«

»Damit kenne ich mich nicht aus«, sagt Ringo schulterzuckend.

»Ich anscheinend auch nicht«, knurre ich in mich hinein.

Ringo lässt sein Fahrrad an der Waldbühne stehen, weil ich keins dabeihab. Heute früh bin ich mit Mama und Papa im Auto mitgefahren, sie müssen andauernd tausend Dinge zur Bühne transportieren.

Wir gehen schweigend nebeneinander her. Ich merke plötzlich, wie müde ich bin, gestern ist es doch ganz schön spät geworden. Von der Waldbühne bis zum See läuft man ungefähr eine Viertelstunde, aber mir kommt der Weg endlos vor. Ich weiß nicht, was ich sagen soll. Um uns herum zwitschern die Vögel und plötzlich rast eine kleine plüschige

Maus genau vor unseren Füßen von rechts nach links. Abrupt bleiben wir stehen.

»Eine Kurzohrmaus«, sagt Ringo.

»Dass du immer alles weißt«, sage ich vorwurfsvoll.

»Aber das stimmt doch gar nicht«, sagt Ringo irgendwie traurig.

Ich merke, wie sich auf meinem Rücken, da, wo der Rucksack sitzt, ein nasser Fleck bildet. Plötzlich muss ich an zu Hause denken und ich stell mir vor, dort zu sein. Was ist denn nur los? Erst konnte ich es gar nicht erwarten, nach Geschrey zu kommen, und jetzt würde ich am liebsten wieder nach Hause fahren. Will ich das? Nee, eigentlich doch nicht, ich will doch hier sein. Bei Ringo. Und wie ich ihn angucke, rennt der plötzlich wie angestochen los und brüllt: »Ich bin zuerst am See!«

Eben hab ich mich noch ganz schlapp gefühlt, jetzt kann ich wieder rennen. Aber gegen Ringo hab ich gar keine Chance, wenn ich drei Schritte laufe, macht er mit seinen langen Beinen nur einen Schritt und liegt schon vorn. Wir rennen durch den Wald und plötzlich muss ich lachen und sofort fühlt sich alles viel leichter an. Vielleicht klappt es wirklich beim nächsten Mal!

Am Ende schaffe ich es doch noch, Ringo einzuholen. Aber ich habe das Gefühl, dass er absichtlich langsamer wird, so entspannt, wie er beim Rennen zu mir guckt, während ich neben ihm herumhechele.

Ruckzuck sind wir in den Badeklamotten und im Wasser. Also eigentlich nur ich, Ringo ist es mal wieder zu kalt. Er steht bis zu den Knien im Wasser und sieht dabei aus, als würde er in einem Plumpsklo stehen, so ein Gesicht zieht er.

Er ist jetzt so ganz anders als gestern Nacht. Ein anderer Ringo, immerzu.

»Du magst Wasser nicht so richtig, oder?«

Er lächelt und schüttelt den Kopf. Hier im Wasser, da bin ich schneller als er. Angestrengt hält Ringo beim Schwimmen seinen Kopf aus dem Wasser. Ich tauche unter und unter ihm hindurch. Als ich auf der anderen Seite auftauche, guckt er erschrocken: »Lass das, Asta.«

»Aber es passiert doch nichts.«

Ich schwimme noch eine Extrarunde. Als ich wieder rauskomme, sitzt Ringo schon längst wieder auf seinem Handtuch. Ich setze mich daneben und wringe meine Haare aus. Ringo guckt zu.

»Nass sind deine Haare viel länger. Weil die Locken ganz lang gezogen sind.«

Ringo nimmt eine meiner Haarsträhnen und zieht vorsichtig daran.

»Hey«, sag ich und schüttele seine Hand weg.

»Wie ist das, wenn man lange Haare hat?«, fragt Ringo.

»Lange Haare sind warm, ich muss sie ständig kämmen und manchmal kitzeln sie auf der Haut«, sag ich und gucke auf Ringos stoppligen Kopf. Er streicht sich mit der Hand darüber.

»Hättest du gern lange Haare?«

»Ich weiß nicht«, sagt Ringo.

»Ich kenne viele Jungs mit langen Haaren.«

»In Geschrey gibt es keinen.«

»Dann bist du eben der erste. Warum hast du eigentlich immer so kurze Haare?«

»Papa sagt, das ist praktisch. Er hat auch solche. Er holt

einmal im Monat seine Maschine raus und dann hobelt er unsere Haare ab. Erst ich, dann er. Lucy guckt immer staunend zu«, sagt Ringo lächelnd. »Wenn Papa so tut, als würde er ihre Haare auch abrasieren wollen, rennt sie schreiend weg.«

Dann hält Ringo inne. Seine Augen gucken irgendwohin, wo ich nichts sehen kann. Ich glaube, er guckt in sich rein.

»Asta.«

»Ja.«

»Was meinst du, warum sind Mädchen und Jungs so unterschiedlich?«

»Na ja, sonst wäre es ja langweilig.«

Eine Mosaikjungfer kommt angeflogen. Sie fliegt, ihre Flügel bewegen sich so schnell, dass man sie nicht sieht, sie steht in der Luft, wie ein klitzekleiner Hubschrauber.

»Bei ihr sieht man gar nicht, ob sie ein Mädchen oder ein Junge ist«, überlege ich laut.

»Doch«, protestiert Ringo. »Die Weibchen haben ein anderes Muster als die Männchen, das hat mir Mama erklärt. Wenn man es weiß, erkennt man es sofort. Wie bei uns Menschen, wir sehen auch, ob jemand ein Mädchen oder Junge ist, meistens jedenfalls.«

»Haben wir auch so eine Art Muster?«, frage ich zurück und schaue Ringo fasziniert an. Er legt den Kopf auf seine auf den Knien abgelegten Arme. Ich glaube, da wachsen Haare auf seiner Oberlippe, ganz helle, zarte.

»Du, Asta …« Ringos Stimme poltert wieder eine Etage tiefer.

»Hm.«

»Macht man das immer, sich aufwärmen, bevor eine Probe beginnt?«

Und schon ist die misslungene Probe wieder in meinem Kopf und klemmt mir irgendwas ab. Warum will Ringo das überhaupt wissen? Er hat sich bisher nie groß für das Geschehen auf der Waldbühne interessiert.

Ich nicke langsam.

»Warum?«

»Na ja, wie im Sportunterricht halt, du musst alles warm machen, was du brauchst, deine Muskeln, deine Stimme, deine Fantasie. Das sagt Mama jedenfalls. Und ich fühle mich nach dem Aufwärmen auch anders.«

Ringo verschlingt mich fast mit den Augen. »Was ist danach anders?«

»Na, wenn du aufgewärmt bist, kannst du zum Beispiel höher singen und den Ton länger halten. Und du kannst größere Schritte machen, deine Beine fühlen sich ein bisschen wie Schnipsgummi, du kannst dann besser hüpfen und so. Ohne Aufwärmen bleibst du steif. Im Sportunterricht macht man das doch auch.«

»Aber bei dir hat das heute nicht funktioniert.«

Toll. Als ob ich das nicht selber weiß. Anscheinend hat Ringo heute ganz genau hingeguckt, dabei hat er bisher immer so getan, als ob ihn das mit dem Schauspielen überhaupt nicht interessiert.

»Aber es muss einen Grund haben, warum es nicht funktioniert hat. Weißt du, du sahst so ängstlich aus. Ganz anders als sonst. Als ob du versehentlich auf die Bühne geraten bist.«

Ich starre Ringo an. Er hat recht. Was er beschreibt, ist

genau das, was ich gefühlt habe. Ich lass mich rücklings auf das Handtuch fallen. Der Himmel über mir ist blau, zwischendrin hat jemand Schwaden aus Watte hineingepustet.

Ringo legt sich auf die Seite. »Aber warum hattest du Angst, Asta?«

»Ich hatte keine Angst«, behaupte ich, doch dann sage ich gleich darauf: »Ich weiß es nicht.«

Ich würde gern aufhören, über die Proben auf der Waldbühne zu reden, aber Ringo hat sich festgebissen.

»Wie läuft so eine Probe ab?«

»Ach, ganz unterschiedlich«, winke ich ab.

»Erzähl mal.«

»Mama, also die Regisseurin, legt die Szenen fest, die geprobt werden, und die spielen wir dann.«

»Wie denn genau?«

»Na, Mama sagt: ›Geh mal da hin‹ oder: ›Sprich das mal mit einem anderen Ausdruck.‹ Und sie wiederholt alles immer wieder.«

»Wie oft?«

»Weiß nicht, so oft wie nötig halt, bis ihr gefällt, was sie sieht. Sie denkt sich ja was dabei.«

»Aber was?«

Jetzt halt ich es nicht mehr aus.

»Mann, Ringo, guck es dir doch selbst an. Du kannst ruhig zu den Proben gehen, wenn ich Mama und Papa frage, die haben bestimmt nichts dagegen.«

Nur wenn ich dran bin, solltest du lieber nicht hingehen, aber das sag ich nicht, das denke ich nur.

»Soll ich noch mal deinen Text abhören?«

»Meinetwegen.«

Ich hab das Gefühl, dass Ringo schon nach kurzer Zeit meinen Text auswendig kann. Jedenfalls guckt er gar nicht mehr ins Textbuch, als er mich zwei Mal berichtigt.

»Als ob du davon Ahnung hättest«, fauche ich ihn irgendwann an und es tut mir sofort leid. Aber irgendwie geht mir das auf die Nerven, er muss doch nicht so tun, sonst ist er doch auch kein Angeber.

Plötzlich hören wir ein Quengeln zwischen den Bäumen hinter uns. Und dann taucht Frau Bode genau hinter uns auf, sie zieht die zeternde Lucy hinter sich her. Ich sehe, wie Ringo blass wird. Im nächsten Moment stehen wir kerzengerade auf unseren Handtüchern, ich komme mir vor, als hätte ich was Verbotenes gemacht.

»Mama«, stammelt Ringo.

»Tag, Frau Bode«, sag ich.

»Schön, dass du es dir hier gutgehen lässt«, sagt Frau Bode zu Ringo. Ihre Stimme ist laut und überdreht, es ist nicht zu übersehen, dass sie richtig auf hundertachtzig ist, wie Papa sagen würde.

»Tut mir leid«, sagt Ringo ganz schnell. »Ich hab's vergessen.«

»Jetzt beeil dich, wir kommen so schon zu spät!«

Ringo stopft in Windeseile seine Sachen in seinen Rucksack. Frau Bode hat den Kopf zum Himmel gestreckt, die Augen geschlossen und atmet ganz tief und laut ein und aus. Lucys große Augen hängen an mir, sie hat einen Daumen im Mund und nuschelt etwas über den Daumen hinweg, es klingt wie »Matebosisten«. Sie wiederholt das und nickt mir auffordernd zu. Nach einer Weile komm ich drauf, dass sie »Badepolizistin« meint, sie will wieder Badepolizistin spielen.

»Heute nicht«, flüstere ich ihr leise zu.

Frau Bode hat es gehört. Sie schaut mich mit einem traurigen Blick an.

»Weißt du, Asta, Ringo kann diesen Sommer nicht die ganze Zeit am See rumliegen. Er hat Pflichten«, sagt sie zu mir. »Diesen Sommer ist alles ein bisschen anders.«

»Hab ich auch schon gemerkt«, antworte ich.

»Lass sie, Mama«, sagt Ringo.

»Ich frage mich wirklich, was aus dir noch werden soll!« Frau Bodes Stimme überschlägt sich. Vielleicht weint sie gleich los, denke ich plötzlich. Und überhaupt, was für eine blöde Frage: Ringo bleibt Ringo. Man kann doch nicht so einen Stress machen, nur weil ein Zeugnis mal ein bisschen schlechter ist.

»Aber Ringo hat doch Ferien«, sage ich leise.

Frau Bode guckt mich an. »Ich weiß«, sagt sie und guckt weg. »Morgen hat Ringo auch keine Zeit, leider.«

Irgendwie hab ich das Gefühl, dass es gar nicht darum geht, was aus Ringo mal werden soll. Frau Bode ist traurig, das sieht man. Aber muss sie deswegen Ringo so behandeln?!

Frau Bode nickt mir zu, greift Lucys Hand und beginnt, mit energischen Schritten zurück durch den Wald zu laufen.

»Komm jetzt!«

»Wir haben einen Impftermin und ich Trottel hab's vergessen«, raunt Ringo mir zu. »Tja, hätte ich mein Handy noch, hätte sie mir einfach eine Nachricht schreiben können!« Und dann rennt er seiner Mutter hinterher.

Auch die Mosaikjungfer ist verschwunden.

Ich hole mein Handy aus dem Rucksack. Eine Nachricht von Wanda. Sie hat mir ein Bild geschickt, wie sie im Bikini am Strand steht, hinter sich ein wild schäumendes Meer. Sie sieht unheimlich gut aus. Wie es mit meinen Proben läuft, fragt sie. Und ob ich schon ein Star in Geschrey bin. *Läuft super*, schreibe ich zurück und verstaue das Handy ganz schnell ganz tief in meinem Rucksack.

6

Es ist wie immer nicht viel los in Geschrey, vormittags kann man hier die Bürgersteige hochklappen. Ich gehe durch die kleinen Straßen und mir ist langweilig. Von Ringo keine Spur. Einfach zu blöd, dass er kein Handy mehr hat. Ich könnte einfach zu ihm nach Hause gehen, aber irgendwie trau ich mich nicht. So wie seine Eltern gerade drauf sind. Frau Bode hat ja gestern gesagt, dass er heute keine Zeit hat. Wenn ich da jetzt hingehe, mache ich vielleicht alles noch schlimmer.

Mama hat heute früh gesagt, dass ich sozusagen freihabe. Um meinen Kopf zu lüften. Aber morgen muss ich wieder zur Probe kommen. Sie hat gesagt, falls ich wieder so ein Lampenfieber bekomme, müssen sie sich dann nach einem Ersatz für mich umsehen, die Zeit drängt ja. Lavinia könnte die kleine Rolle zusätzlich übernehmen. Aber alles wäre nicht schlimm. Aber natürlich ist es schlimm, denke ich. Die Wörter kreisen in meinem Kopf, wie auf der Aschebahn auf dem Sportplatz, wo wir Ausdauerlauf machen. Eine Runde nach der anderen drehen sich die Wörter: falls … nicht klappt … Ersatz. Da fehlt nur noch: Versagerin. Asta: zu blöd, so eine klitzekleine Rolle zu spielen. Ich steuere meine Schritte zum Wald, dort ist es wenigstens kühl, geh ich halt baden. Wenn Ringo nicht dabei ist, kann ich wenigstens so lange im Wasser bleiben, wie ich will.

Den Waldweg zum See kenne ich in- und auswendig. Rechts und links wächst Springkraut. Als ich noch klein war, hab ich es geliebt, Springkraut knallen zu lassen. Ich erinnere mich, dass ich damals immer vorher gespürt habe, wann das Springkraut zwischen meinem Daumen und Zeigefinger explodieren würde, und trotzdem bin ich jedes Mal erschrocken und habe mich zugleich gefreut. Heute ist das anders. Ich bleibe stehen und berühre eine der Knospen, *peng*, sie explodiert. Doch ich kann nicht mal darüber lächeln. Es ist mir egal. Warum ist das so? Warum ändern sich manche Dinge und andere nicht? Jetzt muss ich die Fragen schon selber stellen, ich vermisse Ringo.

Schon von Weitem kann ich den See riechen. Und dann sehe ich einen gebeugten Rücken. Uli sitzt am See. Mir fällt auf, dass ich diesen Sommer noch nicht ein einziges langes Gespräch mit ihm hatte, obwohl ich schon ein paar Tage hier bin. Aber das ändert sich jetzt.

Ich glaube, Uli freut sich auch, dass ich da bin. Er sitzt auf einer Decke, die muss uralt sein, es sind viele Löcher drin. Aber klar, zum am See drauf zu sitzen reicht sie noch. Uli hat sie ganz nah an einen Baumstumpf gelegt, an den er sich jetzt anlehnt, auch um mir Platz zu machen.

»Du magst das Wasser, genau wie ich, oder, Asta?«, fragt Uli und holt zwei zusammengeklappte Brote aus seinem Beutel. Er gibt mir eins. Es ist Butter mit Schnittlauch darauf.

»Warum nur schmecken Brote von anderen Leuten immer besser als die eigenen? Weißt du das?«

»Nein, weiß ich auch nicht. Aber es ist nicht schlimm, wenn man nicht sofort eine Antwort auf eine Frage hat«, sagt Uli und schüttelt seinen Kopf wie in Zeitlupe. »Allein die Frage kann einen schon ein ganzes Stückchen weiter voranbringen, man muss sie nur erst mal stellen.«

»Eigentlich ist Ringo der Spezialist für Fragen«, sag ich.

Uli nickt lächelnd. »Tja, manchmal ist er ein kleiner Philosoph, der Ringo.«

Wir kauen und schauen aufs Wasser.

»Warum magst du das Wasser, Uli?«

»Hab ich dir noch nie erzählt, dass ich eigentlich ein Ostseekind bin? Ich bin an der See aufgewachsen.«

»Wirklich?«

»Vor vielen Jahren hat es mich dann hierher verschlagen, da war ich noch ein junger Mann.«

»Und vermisst du das Meer nicht?«

»Ständig. Als Junge wollte ich Meeresbiologe werden, ich habe davon geträumt, zum tiefsten Punkt der Weltmeere zu tauchen, zum Marianengraben. Ich war siebzehn Jahre alt, als es Forschern das erste Mal gelang, sie sind fast elf Kilometer mit einem Tauchboot in die Tiefe getaucht. Dorthin, wo es stockdunkel ist, wo kein Licht hinkommt.«

Da, wo nichts ist, denke ich und muss an die Unterhaltung mit Ringo denken, am Tag, als ich angekommen bin. Es gibt keinen Ort, an dem nichts ist, hat er gesagt.

»Und da unten ist was los, sag ich dir«, sagt Uli. »Wo die Tiefsee beginnt, darüber gibt es verschiedene Meinungen, auf jeden Fall muss man Hunderte Meter tauchen, bis man in die Tiefsee gelangt, das geht gar nicht mit einer normalen Taucherausrüstung. Aber dort unten schwimmen Tiere, die

64

so aussehen, als hätte sie sich jemand ausgedacht. Viele leuchten, weil es dort unten stockdunkel ist. Doch nicht nur die Tiefsee ist noch so gut wie unerforscht. Stell dir vor, ungefähr siebzig Prozent der Erde sind mit Wasser bedeckt. Da gibt es so vieles unter Wasser, was noch niemand gesehen hat. Zum Beispiel hat es bisher kaum ein Forscher geschafft, einen Riesenkalmar in seiner natürlichen Umgebung unter Wasser zu beobachten. Und dabei können die bis zu achtzehn Meter lang werden, heißt es zumindest, der ist also nicht gerade klein. Dass die sehr groß sein können, weiß man nur, weil manchmal welche angespült werden oder sich in Fischernetzen verheddern. Aber noch keiner hat je genau studiert, wie sich der Riesenkalmar da unten so benimmt. Weißt du, auf dem Mond sind schon zwölf Menschen herumgelaufen, aber am tiefsten Punkt der Erde, da waren erst drei. Da unten, fast elf Kilometer in der Tiefe, da muss es unglaublich still und friedlich sein. Oder was denkst du?« Uli ist nach seiner langen Rede ein bisschen atemlos.

»Aber wieso bist du dann nicht Meeresbiologe geworden?«, frage ich aufgeregt.

»Das hat eben nicht geklappt. Weißt du, mein Zeugnis war auch viel zu schlecht für so ein Studium. Und dann bin ich hier in Geschrey gelandet, im Wald und auf der Waldbühne. Hatte ich so nicht geplant. Aber man kann nicht alles planen im Leben, wirst du noch merken.«

»Bist du deswegen traurig?«

»Früher, ja. Aber das ist lange her. Meeresbiologie ist wenigstens mein Steckenpferd geworden. Und ich bin im Urlaub ganz oft mit dem Boot aufs Meer hinausgefahren.«

Uli macht eine Pause, sein Blick schweift über den See.

Das Meer ist der nun nicht gerade, weil überall das gegenüberliegende Ufer zu sehen ist. Aber das Ufer, das von uns aus gegenüber liegt, ist so weit entfernt, dass man schon ein bisschen gucken kann. Uli scheint es im Moment zu genügen.

»Weißt du, ein großer Dichter hat mal gesagt: Wenn man nicht einmal in seinem Leben komplett vom Meer umgeben war, wenn man dieses Gefühl nie gespürt hat, dann hat man auch keine Vorstellung von sich und der Welt.«

Ich weiß nicht so richtig, was Uli damit meint: *Vorstellung von sich und der Welt.*

»Weißt du, wie tief der See ist?«, frage ich Uli.

»An seiner tiefsten Stelle sind es an die fünfzig Meter.«

»So tief!«

Uli lacht. »Na, die Aale, Barsche, Hechte und Maränen brauchen doch Platz. Ganz unten soll es sogar einen Wels geben, erzählt man sich.«

»Einen Wels?«

»Einer der größten Süßwasserfische, die es gibt, ein glitschiger Raubfisch, bestimmt einen Meter lang und mit langen Bartstoppeln. Er liegt sehr gern auf dem schlammigen Grund des Sees herum.«

Ich muss ein ziemlich angeekeltes Gesicht machen, denn Uli lacht kurz laut auf.

»Vor vielen, vielen Jahren befand sich an dieser Stelle mal ein Tagebau. Hier wurde Kohle abgebaut. Dann war die Kohle alle und man hat das riesige Loch mit Wasser geflutet. Und über Jahre hinweg ist da unten eine eigene Welt mit eigenen Bewohnern entstanden.«

»Kann ich mir nicht vorstellen, dass hier mal ein Loch war«, sage ich.

»Das ist schwer, das stimmt. Aber ganz unten soll man noch Schienen sehen können.«

»Echt?!«

Uli lacht und seine Augenbrauen wackeln dabei.

Und dann schwimmen Uli und ich einmal durch den See. Je näher wir zur Mitte kommen, desto kälter wird es an meinem Bauch. Bestimmt weil der See in der Mitte am tiefsten ist. Das fühlt sich ein bisschen gruslig an, aber nur, weil ich von oben nichts sehe. Unter mir führen Schienen über den Grund des Sees und oben schwimme ich. Ganz tief unten blinzelt jetzt vielleicht ein riesiger glitschiger Wels nach oben. Ich versuche, mir vorzustellen, dass wir nicht auf dem See schwimmen, sondern ich allein im Meer, und rings um mich herum wäre nirgends ein Ufer zu sehen. Das fühlt sich bedrohlich an. Entweder man bekommt Angst oder man überlegt, wie man wieder an Land kommt. Vielleicht ist es das, was Uli mit der *Vorstellung von sich* meint: ob einen leicht der Mut verlässt oder nicht. Ich weiß nicht, wie das bei mir wäre.

»Du bist eine hervorragende Schwimmerin«, sagt Uli zum Abschied zu mir. »Vielleicht ist das Wasser eher deine Bühne? Das ist doch mal eine Frage, oder?«

Ich zucke mit den Schultern.

Uli winkt und dann steigt er auf sein altes Fahrrad. Ich hab keine Lust, allein am See zu bleiben, und laufe los. Meine nassen Haare tropfen mir auf den Rücken, aber das ist egal.

Ich laufe einfach so vor mich hin. Ob ich doch mal bei Ringo vorbeischaue? Aber ich weiß ja, was Frau Bode gesagt hat. Dass er keine Zeit hat. Und wer weiß, am Ende kriegt Ringo Ärger, wenn ich komme, weil ich ihn dann vom Lernen abhalte. Zu blöd, dass er gerade kein Handy hat.

Als ich ein Gurgeln höre, weiß ich, dass ich ganz automatisch an die Wipper gelaufen bin. In diesem Sommer war ich noch kein einziges Mal hier, fällt mir auf, bis auf unseren nächtlichen Ausflug ans Wehr. Ich muss gleich lächeln, wenn ich daran denke. Ringo und ich gehen meist an den See, es ist der zweite Sommer, in dem wir allein an den See dürfen. Ich weiß noch, dass früher immer Mama oder Papa dabei waren. Einen Sommer war Frau Bode oft mit, als sie schwanger mit Lucy war. Und als ich Ringo kennengelernt hab, noch früher, da war Papa mit mir an der Wipper. An dem Tag hatte ich mit Papa ein Schiff gebaut, dass wir in einem besonders flachen Teil des Flusses schwimmen ließen. Dann driftete es ab und kenterte. Ich glaube, ich hab geheult damals. Und dann war da Ringo, der uns das Boot wiederbrachte. Die Wipper fließt nämlich ganz nah an seinem Haus vorbei, er hat uns damals beobachtet. Seitdem sind wir Freunde und haben jeden Sommer die meiste Zeit miteinander verbracht. Wir haben eine Bude im Wald gebaut, Lagerfeuer gemacht, wilde Kaninchen beobachtet. Ringo hat bei uns in der Pension übernachtet. Wir haben zusammen Spaghetti gekocht und sind mit dem Fahrrad bis nach Mürbitz gefahren. Einmal haben wir mit Frau Bode in ihrem Garten ein Beet angelegt. Ringos Papa war meistens nicht mit dabei, nur einmal, da hat er für uns alle gegrillt, da waren auch Mama und Papa dabei, aber der Abend war krampfig. Hat zumindest Papa hinterher gesagt und Mama hat immer abgewunken. »Jetzt lass doch die Bodes«, hat sie gesagt. Ringo und ich haben sowieso unser Ding gemacht. Unsere Eltern passen irgendwie nicht zusammen. Manchmal, wenn ich früher mal eine Probe angeschaut hab, hat mich Ringo von der Waldbühne abgeholt, aber was dort geprobt wird, hat ihn nie richtig interessiert. Na ja, früher war ich ja auch nicht andauernd dabei. Zu den Premieren war Ringo meistens da, da kommt ja immer halb Geschrey, wenn es so weit ist. Mal kam Ringo mit Frau Bode, einmal war er allein und einmal waren sie sogar alle drei zusammen da. Aber meist waren Ringos Eltern mehr so für sich.

Ich werfe einen Stein in die Wipper. Eigentlich mag ich das Geräusch, dieses *Fietsch*. Aber jetzt macht es, dass ich mich ganz allein fühle. Dabei sollte es doch ein phänomenaler Sommer werden.

Plötzlich quietscht hinter mir ein Reifen im Sand.

»Papa!«

»Hier steckst du! Ich dachte, ich schau mal, wo meine Asta rumspringt. Mama probt heute die Dichter-Szene mit Marc, der ist vorhin angekommen.«

Gleich wird meine Laune noch schlechter.

»Hey, Astalavista, schau nicht so traurig. Marc und die anderen sind Schauspieler, die haben das gelernt. Du bist noch Anfängerin. Und noch nicht mal dreizehn Jahre.«

Papa stellt das Rad ab und krempelt sich die Hosenbeine hoch. Er streckt einen Fuß in das kalte Wasser, fängt an zu schielen und macht mit dem Mund ein Zischgeräusch, als wäre sein Fuß ein glühendes Eisen. Ich muss lachen. An dieser Stelle ist die Wipper sehr flach, das Wasser reicht ihm nur bis kurz unter das Knie. Als er mit beiden Beinen im Wasser steht, holt er tief Luft.

»Mein Mädchen, ich kann dir sagen, und ich bin nun schon fünfundvierzig Jahre alt, es gibt immer Phasen im Leben, da ist man plötzlich von einer neuen Sache total begeistert, dann denkt man, das ist genau das, was ich schon immer machen wollte. Doch nach einer Weile stellt sich raus, dass man doch nicht zusammenpasst: man selbst und diese neue Sache. So ging es mir mit dem Klarinettespielen und mit Karate. Beide Male hab ich gedacht: Yeah! Und was war dann? Bei Karate hab ich voll versagt, ich war ungelenkig und hatte keine Muskeln und keine Disziplin, die aufzubauen. An der Klarinette war ich so mittelmäßig, dass ich mir irgendwann selber nicht mehr zuhören mochte. Es hat mir keinen Spaß gemacht. Und jetzt, Asta, überleg, wenn dir das gar keinen Spaß macht, dann lass es bloß sein. Du findest was Schöneres, bei dem du auch glücklich bist. Und dann sind deine Eltern auch glücklich.«

Papa atmet laut und stemmt die Arme in die Seite.

»Das musste mal gesagt werden. Mama und ich möchten, dass du glücklich bist, und wenn das Theaterspielen dich nicht glücklich macht, dann weg damit. Es gibt viele Menschen, die unter so einem Bühnen-Lampenfieber leiden. Man kann das bestimmt in den Griff kriegen. Aber es braucht Zeit. Und wenn es diesen Sommer nicht klappt, dann vielleicht im nächsten!«

Ich knie am Ufer und rupfe angestrengt Blatt für Blatt von einem Gänseblümchen.

»Aber ich habe mir das so schön vorgestellt. Wie ich da oben auf der Bühne stehe und alle klatschen.«

Ich rupfe weiter an dem Gänseblümchen: Ich kann spielen, ich kann nicht spielen, ich kann spielen, ich kann nicht …
Jetzt ist kein einziges Blütenblatt mehr dran.

»Manchmal kommt es eben anders, als man denkt. So war das auch bei mir mit der Klarinette.«

Papa hat leicht reden. Mittelmäßig im Klarinettespielen, dafür kann er weltklasse auf dem Klavier spielen und komponiert sogar eigene Musik. Und ich? Was kann ich? Ich zerreibe das leer gerupfte Gänseblümchen zwischen Daumen und Zeigefinger und rieche daran, es riecht nicht gut.

Papa will mich aufmuntern, ich kenne ihn. Er stellt sich auf einen der Steine, die aus der Wipper herausragen, und versucht eine Standwaage.

»Mach lieber nicht«, sag ich noch. Doch im nächsten Moment liegt Papa mit einem lauten Platsch im Wasser und lacht nicht mehr. Hastig krabbelt er an Land und wringt sein T-Shirt aus. Aber es hilft nichts, er ist nass wie ein Pudel und ich hab auch jede Menge Tropfen abgekriegt.

»Was denken denn die Geschreyer, wenn ich klatschnass durch den Ort laufe?« Papa schlägt die Hände über dem Kopf zusammen. »Los, lass uns schnell zurück in die Pension gehen.«

Eilig ziehen wir los, als Papa seine Schuhe wieder anhat, die waren zum Glück an Land und sind trocken geblieben. Der Weg, den wir nehmen, führt unweigerlich an Ringos Haus vorbei. Von Weitem schon kann ich ihn sehen, wie er draußen Wäsche aufhängt, während Lucy mit einem Roller um ihn herumfährt.

»Schau mal, Ringo, was mir passiert ist!«, ruft Papa.

Ringo zuckt zusammen und dreht sich um. Wieder fällt mir auf, wie lang er geworden ist und wie ernst. Früher hat er mehr gelacht. Er kommt an den Zaun.

»Sollen wir Ihnen trockene Sachen borgen?«, fragt Ringo und verschwindet im Haus. Als er wieder rauskommt, ist Herr Bode bei ihm. Er mustert ein bisschen belustigt Papas nasse Hose, die ihm an den Beinen klebt. Papa sieht echt bescheuert aus.

Papa lacht: »Mit meinen dünnen Oberarmen könnte ich mich dreimal in ein T-Shirt von deinem Vater wickeln, was, Herr Bode?«

Papa nimmt das T-Shirt, das Ringo ihm reicht. Herr Bode zuckt mit den Schultern. Die gleiche Bewegung wie bei Ringo, denke ich. Ringo sieht seinem Vater echt ähnlich, das ist mir noch nie aufgefallen, auch wenn Ringo natürlich viel dünner ist und nicht so Muskelpakete wie sein Vater hat.

»Dafür können wir ja froh sein, dass Sie ein bisschen Kultur nach Geschrey bringen!«, sagt Herr Bode.

Das klingt irgendwie, als wäre es nicht ernst gemeint. Papas Lächeln sieht auch gequält aus.

Ringo guckt mich an und verleiert die Augen.

»Kann ich noch ein bisschen bei Ringo bleiben?«, frage ich plötzlich. Ich will mit Ringo allein sein und mit ihm quatschen, rumhängen. Alle Erwachsenen sollen verschwinden! Und: Wann habe ich zuletzt gefragt, ob ich noch bei Ringo bleiben darf? Wir müssen doch nicht mehr um Erlaubnis fragen!

»Von mir aus«, sagt Papa.

Herr Bode guckt überrumpelt. »Ähm«, sagt er.

»Wir stören ja niemanden«, schiebe ich hinterher.

»Ich muss sowieso noch mal los«, sagt er dann, zuckt noch mal mit den Schultern und hebt einen Finger zum Abschiedsgruß, aber eher zu Papa hin.

»Ich geh dann auch mal«, sagt Papa. »Schauen Sie nur ruhig jederzeit bei der Kultur vorbei, Herr Bode.«

»Nichts für ungut«, erwidert der. »Ich hab zu tun.« Dann verschwindet er im Haus. Als er die Terrassentür zum Haus öffnet, kommt wieder Beatles-Musik von innen. Ich sehe Papas Gestalt nach. Er hört die Musik auch und macht leichte Tanzbewegungen beim Laufen.

Ringo zieht mich in den Garten. Endlich sind wir alle los. Doch als ich mich gerade auf dem Rasen lang machen will, sehe ich Lucy am Rand des Sandkastens sitzen, sie beobachtet uns. Die hatte ich schon wieder ganz vergessen. Sie winkt mir zu, klettert aus dem Sand und beginnt, in einer großen Kiste zu kramen. Ein Stück weiter weg steht ein großer Kaufmannsladen aus Plastik. Mir schwant Schreckliches. Lucy kommt mit einer Schürze und einem Hut zu mir.

»Zieh das Zeug lieber gleich an«, sagt Ringo. »Sie nervt so lange, bis du es machst. Und dann müssen wir bei ihr einkaufen. Das ist das neueste Ding.«

Wenn Wanda uns sehen könnte! Ringo hat nun eine alberne rote Schürze umgebunden, auf der steht *Bratbatzen*. Auf meinem Kopf sitzt ein riesiger Schlapphut, keine Ahnung, wo Lucy den gefunden hat. Sie steht mit ernster Miene in ihrem Laden.

»Was bitte?«, fragt sie immerzu. Ich habe schon ein Spielzeugpäckchen Reis eingekauft, eine Spielzeugbratwurst und eine Spielzeugflasche Limonade. Alle Sachen hab ich in ein kleines fliederfarbenes Plastikkörbchen versenkt, das ich immerzu hin und her schwenke, dazu summe ich ein Lied. Lucy soll sehen, dass mich der Einkauf bei ihr froh gemacht hat.

Nun ist Ringo dran. Er verkackt es. Er will lauter Sachen, die Lucy nicht hat.

»Einen Smoking bitte!«

»Nis da!«, ruft Lucy verzweifelt.

»Dann eben eine Trompete.«

»Nis so!«

»Aber ich brauche eine. Na gut, da kann man ja nichts machen. Ich nehme eine Flasche gesprenkelte Rinderbrühe.«

Lucy ist kurz vor dem Heulen. Das kann ja ein toller Nachmittag werden.

»Ach nein, jetzt hab ich mich entschieden. Ich nehme eine Tüte Schokolinsen.«

Hilflos schaut sich Lucy in ihren Regalen um.

»Vielleicht sind sie dort in dem Fach.« Ringo zeigt auf eine kleine Schublade. Lucy zieht sie mit ihren Fingerchen auf und kann es nicht fassen. Da sind Schokolinsen drin. Ringo! Er hat sie heimlich dort deponiert. Lucy ist glücklich. Sie wiegt Ringo ein paar ab und dann sind wir erst mal unwichtig, weil sie damit beschäftigt ist, die restlichen Schokolinsen selber aufzuessen.

Ringo kommt zu mir und lässt sich neben mich ins Gras fallen. Sein Gesicht sprüht vor Glück, der Grund ist, glaube ich, dass Lucy glücklich ist. Das ist so schön, dass es fast wehtut. Ich nehme meine Spielzeugflasche, proste Lucy zu und tu so, als nehme ich einen Schluck.

»Hier, du Bratbatzen«, sag ich und halte Ringo die Spielzeugbratwurst hin. Sofort bekommt Ringo einen Lachanfall. Wir kugeln uns vor Lachen und mit einem Mal ist alles so leicht und ganz hinten in meinem Kopf denke ich, dass das blöde Lampenfieber bestimmt vorbei ist.

Irgendwann ruft Lucy, dass wir weiter einkaufen sollen.

»Ich brauche nichts«, rufe ich.

»Doch«, brüllt Lucy und ballt ihre Hände zu kleinen Fäusten.

»Ich glaube, ich muss sie langsam ins Bett bringen und ihr Abendbrot machen.«

Wir machen alles zusammen. Ich schmiere das Käsebrot und schneide es in viele kleine Würfel. Lucy schiebt einen nach dem anderen in ihren Mund und gähnt dabei hemmungslos, sodass ich das Gekaute in ihrem Mund sehen kann. Ringo räumt derweil die Küche auf. Jeder Handgriff sitzt bei ihm, er macht alles ordentlich, sogar das Tischabwischen. So viel wie Ringo habe ich noch nie zu Hause geholfen.

Dann geht er ins Bad und lässt ein bisschen Wasser in die Wanne ein, mit buntem Schaumbad. Ich stehe neben Ringo, als er Lucy in die Wanne hebt, und fühle mich, als spielten wir Vater, Mutter, Kind. Manchmal ist Ringo so groß, innerlich groß, dann fühle ich mich neben ihm ganz klein und poplig.

7

Heute Nacht hat es geregnet, die Luft riecht wie ein frisch bezogenes Bett. Die Waldbühne ist feucht und auch die Stühle fürs Publikum, da wo Mama sitzt, müssen erst abgewischt werden. Eine große Holzkonstruktion steht auf der Bühne, darin befinden sich lauter Boxen, die aussehen wie kleine Zimmer, übereinander- und nebeneinandergestapelt, wie in einer riesigen Puppenstube. Man kann ahnen, wie das Bühnenbild später aussehen wird. Eine der Boxen gehört der Streichholzverkäuferin. Und in der Mitte soll die Statue des Prinzen stehen, also Lutz. Da ist ein Podest, da kann sich Lutz draufstellen und runterspringen, so oft er will. In Mamas Stück darf sich der glückliche Prinz bewegen. Eine Statue kann natürlich nicht laufen, das ist sinnbildlich gemeint, meint Mama. »Auf dem Theater geht alles«, sagt sie immer.

Ich bin noch nicht dran und setz mich in eine der Reihen. Lutz kommt vorbeigeschlendert. Er ist auch erst in der nächsten Szene dran.

»'ne Runde Fußball, Prinzessin?«

»Klar«, sage ich.

Wir gehen abseits und kicken uns den Ball zu. Lutz spielt barfuß. Plötzlich knackt es in seinem Zeh, als er den Ball zu mir schießen will.

»Aua!«, ruft er laut und verzieht sein Gesicht.

Sofort guckt Mama zu uns rüber.

»Lutz, so was geht jetzt nicht. Gebrochene Füße können wir nicht auch noch gebrauchen, wer soll dich denn dann ersetzen?«

»Schon gut, Chefin«, sagt Lutz. Er macht eine entschuldigende Geste und trollt sich. Toll, nicht mal mehr Fußball spielen darf man hier.

Ich gehe in der nächsten Spielpause auf die Bühne und setze mich auf den Dachbalken der untersten Box und lass die Beine baumeln. Noch ist alles gut. Und plötzlich steht er da, Ringo. Neben Mama, sie reden. Ringo will bei der Probe zuschauen, jetzt wird mir flau und heiß. Ich Schaf hab ihm selber noch gesagt, er könne ruhig zum Zuschauen kommen. Was mach ich denn jetzt? Nein, nicht dran denken, mir fällt ein, was Mama heute früh gesagt hat: Ich darf auf keinen Fall an die anderen misslungenen Proben denken. Aus dem Kopf damit, hat sie gesagt, wie bei einem Neustart beim Computer. Leichter gesagt als getan. Jetzt winkt Ringo mir zu. Ich lächele vorsichtig zurück. Reiß dich zusammen, Asta.

»Na«, sagt Ringo. »Hast du Lucy gestern gut überlebt?«

»Eigentlich war sie doch ganz süß«, sag ich. »Wegen dir. Weil du so lieb zu ihr warst.«

»Aber heute hab ich Lucy-frei«, sagt Ringo. »Gut, was?«

»Und dann verbringst du deine freie Zeit ausgerechnet hier!«, antworte ich.

Ringo guckt mich fragend an. »Dann sind wir wenigstens zusammen.«

Mama klatscht in die Hände: »Aufwärmen, Leute!«

Ich lass Ringo stehen und springe auf die Bühne. Los geht's. Wir schütteln, strecken und dehnen uns. Jetzt muss ich mich anstrengen, ich will Ringo zeigen, was ich kann. Heute muss es klappen! Und plötzlich winkt Mama Ringo zu, dass er ruhig hoch auf die Bühne kommen kann, um mitzumachen.

»Musst doch nicht die ganze Zeit rumsitzen«, sagt sie.

Ringo kommt hoch. Er läuft, als hätte er Angst, irgendwo reinzutreten. Weiter geht es mit dem Aufwärmen. Wir duschen unsere einzelnen Körperteile und klopfen unsere Beine und Arme ab. Dann spucken wir uns Konsonanten zu. Heute gibt es einen besonders schweren Zungenbrecher:

»Weiße Borsten bürsten besser als schwarze Borsten borsten … äh … bürsten, Bürsten mit harten Borsten bo… bürsten besonders sauber. Bürsten mit schwarzen Borsten b… bürsten … borst … nein, bürsten besser als Borsten mit blauen Borsten, nein, Bürsten mit …«

Puh. Am Ende lachen alle.

Und dann geht es los mit dem Stück. Es dauert nicht lange und ich bin mit meiner Szene dran. Ich atme tief durch, doch ich merke jetzt schon, wie gleich wieder alles anfängt zu beben, alles, was zu mir gehört. Ich schaue ins Publikum, wie sie da sitzen, Mama, Ringo und Papa, der danebensteht. Ich kneif die Augen zusammen. Die Schwalbe beginnt zu tanzen und flötet und wispert um mich herum. Wenn ich sie angucke, wird mir schwindelig. Sofort muss ich schwitzen und ganz schnell atmen. Also guck ich lieber stur an Lena-Marie vorbei, das muss jetzt mal so gehen. Ich spreche meinen Text. Und verspreche mich. Immer wieder. Meine Stimme versickert wie ein Rinnsal. Ich fang noch mal an und bleibe wieder hängen. Plötzlich höre ich, wie Ringo mir aus dem Zuschauerraum den Text hochflüstert. Ich schiele zu ihm. Er hat kein Textbuch, klar, er kann meinen Text auswendig, weil er mich am See abgehört hat.

Ich mach weiter. Ich holpere durch meinen Text und versuche dabei, meine Arme möglichst viel zu bewegen. Als sich meine Hände berühren, merke ich, dass sie ganz feucht sind.

»Steck mal deine Hände eine Weile in die Hosentaschen, Asta, und sprich weiter«, ruft Mama mir zu.

War dann wohl nicht gut mit den Bewegungen. Also Hände in die Hose.

»Aber jetzt den Kopf nicht so hängen lassen«, ruft Mama.

Ich versuche, alles zu machen, was sie sagt, und verwandele mich in einen Holzklotz.

»Nicht so steif«, ruft Mama. »Brauchst du 'ne Pause?«

»Nee«, sag ich, man kann es kaum hören.

Dann sind wir an der Stelle, wo Lutz dazukommt. Ich bin völlig am Ende und will eigentlich nur eins, von dieser Bühne runter. Und genau das mach ich jetzt auch, ich gehe einfach von der Bühne, in Richtung Zuschauerraum. Da steht Ringo automatisch auf.

»Asta, ist es so schlimm?«, fragt Mama leise.

Ich spüre, wie mir die Tränen hochsteigen.

»Hey«, flüstert sie. »Komm, setz dich hin und entspann dich erst mal.«

»Mir wird kühl, schmeiß mir mal meine Strickjacke zu«, sagt Lena-Marie von der Bühne aus zu Ringo und macht eine Kopfbewegung hin zu einem Stuhl, auf dem ihre Jacke liegt. Ringo nimmt die Jacke und bringt sie ihr direkt zum Bühnenrand. Jetzt gucken alle zu ihm, das ist mir recht, so kann ich meine Tränen in Ruhe runterschlucken. Ich höre, wie Lena-Marie irgendwas zu ihm sagt, es ist ein Satz aus dem Stück. Und plötzlich antwortet Ringo ihr mit einem anderen Satz aus dem Stück, ein Satz aus meiner Szene. Und als ich wieder hochgucke, ist da plötzlich was auf der Waldbühne, als ob sich eine Wolke dort oben ausbreitet. Wie Zauberei.

Alle sind ganz still und schauen zu den beiden. Lena-Marie streckt die Hand aus und zieht Ringo auf die Bühne. Als er oben steht, schaut er noch einmal zu mir und zu Mama. Aber man kann sehen, dass seine Gedanken schon ganz woanders sind, Ringo ist total konzentriert. Lena-Marie beginnt mit unserer Szene und Ringo ist plötzlich ich. Also, er ist die Streichholzverkäuferin. Mit einem Mal sehen seine langen Beine und Arme gar nicht mehr lang aus, plötzlich sieht er aus wie ein armer, kleiner Junge: ein Streichholzverkäufer. Es ist, als ob es plötzlich eine Verbindung zwischen ihm und der Schwalbe gibt. Er redet mit der Schwalbe, als wäre es ganz normal, als würden wir hier im Zuschauerraum gar nicht da sein. Ringo spricht mit klarer Stimme und doch ist es herzzerreißend, was er sagt. Der Text kommt mir ganz neu vor, noch nie hab ich ihn vorher so gelesen, wie Ringo ihn jetzt spricht. Ringo bewegt sich, als würde er schon sein ganzes Leben da oben stehen. Er leuchtet wie von innen heraus. Man muss einfach die ganze Zeit zu ihm hinschauen. Und weil er so leuchtet, sieht auch die Schwalbe ganz anders aus, plötzlich kommt mir ihr Getänzel überhaupt nicht mehr albern vor. Als die Szene zu Ende ist, sind alle mucksmäuschenstill, bis Mama plötzlich zu klatschen beginnt, und alle klatschen mit, außer mir. Ringo steht bedröppelt da und weiß nicht, was er sagen soll. Es ist, als ob er irgendwo ganz weit weg war und erst mal zurückkommen muss. Ich sehe Ringo auf der Bühne und es sticht mir fürchterlich in der Brust. Ich weiß, dass das eben ganz toll war, aber ich kann nicht, nein, ich will mich einfach nicht freuen. Es tut ganz schrecklich weh!

Dann dreht sich Mama zu mir um, sie hat feuchte Augen. Sie winkt, dass ich zu ihr kommen soll, aber da hat sie sich geschnitten. Alle lachen Ringo an und klatschen. Na bitte schön, von mir aus.

Ich merke viel zu spät, dass Abhauen jetzt wirklich das Blödeste ist, was ich machen kann. Aber es ist zu spät, ich renne schon wieder weg, ich bin so eine Memme. Ich haste zwischen den Bäumen entlang durch den Wald und höre, wie sie nach mir rufen. Aber bald verebben die Stimmen. Ich höre erst auf zu rennen, als ich am See stehe. Ich heule die ganze Zeit. Immer wieder sehe ich Ringo vor mir, wie er da auf der Bühne steht und alle in den Bann zieht. Ich bin sauer auf ihn, aber richtig. In Gedanken sehe ich mich, wie ich mich wie ein Holzklotz auf der Bühne hin und her schiebe. Was denken die anderen jetzt über mich? Erst kriege ich nichts hin und dann renne ich heulend weg wie ein kleines Kind.

Wie hat Ringo das so plötzlich gemacht auf der Bühne? Warum kann er plötzlich so gut spielen? Warum hat er kein Lampenfieber? Und warum kann ich das nicht genauso wie er? Er hatte doch vorher keine Ahnung davon. Hat er etwa heimlich geübt, vor dem Spiegel wie Wanda?

Ich sehe mich um, kein einziger Mensch ist zu sehen. Ratzfatz zieh ich mich aus und renne nackig in den See. Ich würde sonst nie nackig baden gehen. Nie! Aber heute ist es was anderes. Ich laufe so weit in den See hinein, dass ich gerade noch stehen kann. Ich halte die Luft an und tauche unter. Unter Wasser öffne ich kurz die Augen. Es brennt, trotzdem versuche ich sie noch einmal zu öffnen. Das Wasser ist trübe, weil ich den Boden aufgewirbelt habe. Unten am Grund kann ich ein paar Pflanzen sehen, schmale, kleine, glitzernde Fische bewegen sich mit eckigen Bewegungen rund um mich herum. Ich wedele mit den Armen und drehe mich einmal um meine Achse. Überall ist Wasser, neben mir, unter mir, über mir. Was hat Uli gesagt: eine Vorstellung von sich selber bekommen, wenn man völlig von Wasser umgeben ist. Ich merke, wie ich ruhiger werde. Ob die Zeit unter Wasser langsamer läuft? Doch meine Luft reicht nicht aus. Ich muss auftauchen. Trotzdem, jetzt geht es mir besser. Ich atme tief ein und tauche wieder unter, hier unten sieht mich keiner und hier unten tut es nicht so weh. Es ist, als ob ich in einer anderen Welt bin, in meiner Unterwasserwelt.

Immer wieder rufe ich mir alles ins Gedächtnis, was heute auf der Waldbühne passiert ist, ich versuche, mich genau an den Moment zu erinnern, als sich Ringo verwandelt hat. Vom alten Ringo in einen völlig neuen Ringo. Hatte er das heute geplant? Hat er erst nur so getan, als ob ihn das Theater und meine Rolle gar nicht interessieren? Hat er mich hier am See nur abgehört, weil er selbst heimlich den

Text lernen wollte? Ich sehe Ringos lächelndes Gesicht vor mir und schäme mich wegen meiner Gedanken. Aber trotzdem, er weiß doch, wie ich mich auf die Rolle gefreut habe, wie konnte er mich da so blamieren?

Als die Stiche in meiner Brust wieder anfangen, tauche ich noch mal unter. Ich hocke mich mit angezogenen Beinen unter Wasser und öffne die Augen. Das Wasser brennt ein bisschen, aber ich schaffe es für eine Weile, den vielen kleinen Schwebpartikelchen hinterherzuschauen, die an meinen Augen vorüberziehen, voller Ruhe, in aller Stille.

Wieder draußen, ziehe ich meine Sachen schnell wieder an, obwohl ich noch ganz nass bin. Ich habe ja kein Handtuch dabei und Badesachen auch nicht, mein Rucksack steht noch an der Waldbühne. Aber nackig am See stehen und warten, bis ich wieder trocken bin ... nee. Nachher kommt doch noch jemand vorbei.

Als ich schon fast an der Pension bin, biege ich kurz vorher nach rechts ab. Ich trau mich nicht richtig nach Hause, bestimmt sind Mama und Papa längst da. Allerdings hab ich einen Riesenhunger, es läuft einem eben nicht alle Tage ein Uli mit einem Schnittlauchbrot über den Weg. Trotzdem nehme ich den Umweg, ich weiß schon, warum. Wenn ich zurück bin, wird es unangenehme Fragen geben. Also zögere ich die Zeit hinaus. Aber irgendwann habe ich mich so nah zur Pension vorgearbeitet, dass Frau Müller mich entdeckt: »Da ist sie ja!« Im nächsten Moment kommen Mama und Papa zu mir geschossen und kleben an mir dran.

Papa nimmt mich bei den Schultern und schiebt mich ein Stück von sich weg. »Erst kommst du mitten in der Nacht nach Hause und dann rennst du einfach weg. Astalavista, beginnt jetzt etwa die Zeit, in der du kompliziert wirst?«

»Christian!«, sagt Mama. Und zu mir: »Asta, wir müssen reden.«

Dann schieben mich beide auf den Rasen, wo wir uns in einen Kreis setzen, alle im Schneidersitz. Krisensitzung, das haben wir lange nicht mehr gemacht. Papa beugt sich nach vorn und wuschelt mir in den Haaren, ich wehre ihn ab. Ich will jetzt nicht verstrubbelt aussehen. Ich flechte meine Haare zu einem losen Zopf, um ihn gleich darauf wieder auseinanderzufüddeln. Mama sieht mir dabei zu.

»Asta, ich stelle dir jetzt die eine Frage und du antwortest bitte ganz ehrlich, versprichst du mir das?«

Ich nicke, obwohl ich nicht weiß, ob ich ehrlich sein kann.

»Willst du die Streichholzverkäuferin wirklich noch spielen?«

Ein Grashalm schiebt sich zwischen meinen großen Zeh und den nächstkleineren und kitzelt mich, ich hypnotisiere ihn. Ich schüttele den Kopf, aber ich kann Mama und Papa nicht anschauen.

»Schatz«, beginnt Papa. »Schau, niemand von uns hat geahnt, dass die Dinge so kommen. Lampenfieber kann man nicht planen.«

Ich nicke.

»Wir können das gern noch weiter probieren, aber …«

»… eigentlich kriegt sowieso Ringo die Rolle«, beende ich seinen Satz.

Wir schweigen.

»Du hast gesehen, was Ringo kann?«, fragt Papa.

Ich denke an Ringo, wie er sich heute auf der Bühne verwandelt hat.

»Hast du das gewusst, dass Ringo so gut spielen kann?«

»Nein.«

»Ich denke, Ringo hat das selbst nicht gewusst«, sagt Mama. »Aber du hast nicht auf meine Frage geantwortet, Asta, was willst du?«

»Ich kann's nicht.«

»Ob du es kannst, hab ich nicht gefragt. Ich will wissen, ob du es immer noch willst?«

»Wenn ich es nicht kann, will ich es auch nicht. Soll Ringo doch spielen, wenn er unbedingt will.« Ich steh auf und gehe zur Hollywoodschaukel.

»Aber wenn du das nicht willst, will ich es auch nicht.« Das war Ringos Stimme. Plötzlich steht er hier im Garten der Pension und sieht noch trauriger aus als bei meiner Ankunft in Geschrey. Dabei müsste er sich doch freuen! Ich weiß nicht, was ich sagen soll. Ich drehe mich weg, ich schäme mich. Ich setze mich auf die Hollywoodschaukel und sehe aus den Augenwinkeln, wie Mama Papa ein Zeichen gibt, dass sie reingehen. Ringo steht immer noch auf dem Rasen, jetzt gerade hat er überhaupt keine Ähnlichkeit mit dem Ringo heute auf der Bühne. Es gibt mehrere Ringos. Und da ist mir plötzlich klar, dass es gar nicht anders geht: Ringo muss die Rolle bekommen, aus der Streichholzverkäuferin wird ein Streichholzverkäufer. Das ist jetzt so, jeder, der ihn gesehen hat, weiß es. Alles andere wäre hirnverbrannt. Aber warum macht mich das so traurig?!

»Ich hätte das heute nicht machen sollen«, sagt Ringo

und setzt sich neben mich. Die Schaukel schwingt sachte hin und her. »Aber es war wie automatisch.«

Ich schweige.

»Ich wollte dir das nicht wegnehmen, Asta.« Ringos Stimme klingt komisch. »Aber es ist verrückt, ohne dich hätte ich mich so was nie getraut, da hochgehen und spielen.«

»Toll!«, sage ich. »Dann bin ich auch noch selber dran schuld.«

Ringo lässt den Kopf hängen. »Warum ist alles manchmal wie verkehrte Welt?«, fragt er und zieht laut die Nase hoch.

Ich zucke mit den Schultern. »Freust du dich, in dem Stück mitzuspielen?«

Ringo holt tief Luft, sieht zu mir, er zögert, doch dann nickt er. Er hört gar nicht auf zu nicken.

»Hab's verstanden«, murmele ich.

Ringo hört sofort auf zu nicken und zieht seine knochigen Schultern bis unter die Ohren, so als würde er seinen Kopf darin verstecken wollen. Dann verschränkt er seine Arme auf den Knien, beugt sich nach vorn und lässt seinen Kopf zwischen ihnen verschwinden, nur sein Ohr guckt noch heraus, das mit den überstehenden Haaren. Ich beuge mich auch nach vorn und lege meinen Kopf auf meine Knie und sehe von hier aus, dass Ringo unter seinem Arm hindurch zu mir guckt. Wie auf Kommando müssen wir beide lächeln. So sitzen wir eine ganze Weile, in uns selbst verkrochen, sachte schaukelt die Hollywoodschaukel hin und her. Plötzlich würde ich Ringo am liebsten umarmen. »Dann freu ich mich auch«, flüstere ich ganz schnell in Richtung seiner Knie.

Wir richten uns wieder auf und ich merke, ganz, ganz

tief in mir drin bin ich nicht so richtig überzeugt, dass ich mich freue.

Jetzt sitzen wir wie Oma und Opa auf der Hollywoodschaukel. Ringos Beine sind so lang, dass er uns im Sitzen zum Schaukeln anstoßen kann.

»Warum finden wir Schaukeln eigentlich schön?«, fragt Ringo und streicht sich nachdenklich mit der flachen Hand über seine kurzen Haare. Und ich werfe meine Haare zurück, ein paar Strähnen bleiben auf Ringos Schultern liegen. Er zieht daran, ich puffe ihn in die Seite. Genau in dem Moment weiß ich, wie gern ich Ringo habe. Und deswegen verstehe ich es einfach nicht, dass, wenn ich daran denke, dass Ringo jetzt die Rolle spielt und Applaus bekommt und ich nicht, es in mir drin wehtut. Es pikst und es sticht und ich hätte am liebsten, dass Ringo sich auch blamiert auf der Bühne. Schnell wende ich den Kopf zur Seite, damit er nicht sieht, was ich denke. Aber ich muss laut seufzen.

»Du kommst aber morgen zur Probe?«, fragt Ringo.

»Weiß nicht.«

»Wenn du nicht kommst, spiele ich nicht, hörst du. Du musst dabei sein.«

Ich nicke, aber gleichzeitig frage ich mich, ob ich das wirklich kann. Ihm dabei zugucken, wenn er das macht, was ich gern machen wollte. Ich seufze noch einmal laut. Ringo stimmt mit ein.

8

Mama trommelt mit den Fingern ungeduldig auf ihren Regietisch.

»Wo bleibt er denn jetzt!«

Es ist zwanzig nach zehn und eigentlich sollte die Probe um zehn beginnen. Ringos erste Probe und er ist immer noch nicht da. Mama ärgert sich, das kann ich sehen. Ich bin ja zum Glück immer pünktlich bei den Proben gewesen, ich weiß, wie wichtig das ist. Eine kleine Freude steigt in mir hoch. Schadenfreude? Ich bin tatsächlich ein kleines bisschen froh, dass Ringo zu spät kommt. Er ist eben doch nicht perfekt. Asta, sag ich zu mir, Asta, sei nicht so gemein.

Dann kommt Ringo angehastet und, oje, er hat Lucy dabei. Lucy hat ganz schlechte Laune und Ringo, der ist betreten. Mama steht vor Lucy und guckt zu ihr runter. Ich weiß nicht genau, was sie denkt. Sie ist ein bisschen genervt, aber sie will es nicht zeigen, glaube ich.

»Will nicht!«, brüllt Lucy, verschränkt die Arme und lässt sich auf einen der Stühle fallen.

»Ich bin heute mit Aufpassen dran«, sagt Ringo leise, sein Gesicht ist rot und er hat geschwitzt. »Entschuldigung, dass ich zu spät bin. Aber erst wollte sie nicht essen, sich dann nicht anziehen und dann musste ich sie den ganzen Weg über hinter mir herschleifen.«

Armer Ringo. Er ist völlig fertig.

»Hauptsache, du bist jetzt da«, sagt Papa beruhigend.

Und dann gehen sie alle auf die Bühne. Ringo sieht sich zu mir um. Er versucht zu lächeln, ich schaffe es nicht. Nun sitze ich ganz allein im Publikum, in der Stuhlreihe Nummer 6, Platz 11. Ich betrachte die vielen Stuhlrücken neben und vor mir. Nur Lucy ist noch da. Sie sitzt schräg vor mir und streckt mir die Zunge raus.

Ich beobachte, wie Mama Ringo auf der Bühne etwas erklärt und alle ganz aufmerksam zuhören. Sie lachen und reden. Zwischendurch guckt Ringo einmal zu mir, ganz sachte hebt er einen Finger in meine Richtung. Ich tu so, als hätte ich es nicht gesehen, und guck schnell zur Seite und strecke Lucy auch die Zunge raus. Sie kichert und plötzlich duckt sie sich unter den Stuhl.

Ringo steht auf der Bühne. Jetzt sieht er genauso aus, wie ich mich da oben fühle. Ja, genau, er sieht total unsicher aus, bestimmt war das gestern nur eine Ausnahme. Seine langen Arme hängen runter, dann verschränkt er die Hände und knackt mit den Fingern, ich kann es bis hierher hören. Mama hört auf zu reden und legt ihre Hand auf Ringos Hände. Sie kann das Geräusch von Fingerknacken nicht leiden.

Plötzlich springt Lucy mit Gebrüll aus der Stuhlreihe hervor, sie will mich erschrecken. Hat aber nicht geklappt. Dafür hat sich Mama erschrocken.

»Pst, Lucy«, zischt Ringo von der Bühne zu ihr runter.

Mama schickt mir einen flehenden Blick. Dieser Blick

heißt so viel wie: Kannst du dich nicht um Lucy kümmern? Papa zwinkert mir zur Bekräftigung zu. Im Ernst? Na toll. Ich schüttele demonstrativ den Kopf, kommt gar nicht in Frage. Mama holt tief Luft.

Langsam stehe ich auf, laufe meine Stuhlreihe bis ans Ende und biege in Lucys Stuhlreihe ein, setze mich neben sie. Sie grinst mich an.

Ich guck nach vorn. Ringo gibt Mama eine Textzeile und sie schiebt ihn mal hierhin, mal dahin, und immer wenn sie ihm irgendwas wild gestikulierend erklärt, nickt Ringo. Das hat sie bei mir nie gemacht. Und plötzlich verändert sich Ringo, er fängt wieder an zu leuchten.

Ich krame mein Handy raus. Wanda hat schon wieder geschrieben. Sie will im August zusammen mit Lara und Hayet zu einer der Vorstellungen kommen. Das fehlte noch!

Plötzlich singt Lucy laut neben mir los: »Hänsel und Gretel liefen sich in Wald …« Ich zucke zusammen, aber mehr von Mamas Blick, der von der Bühne zu uns heruntergeschossen kommt. Wieder beginnt Lucy zu singen, schnell halte ich ihr den Mund zu. Sofort fängt sie an zu heulen und tut gerade so, als hätte ich ihr eine gescheuert.

Ringo springt von der Bühne und kommt zu uns gelaufen. Er kniet sich vor seine kleine Schwester und redet auf sie ein, aber Lucy hat keine Lust auf Zuhören.

Eine warme Hand legt sich auf meine Schulter.

»Kannst du nicht ein bisschen mit der Kleinen spazieren gehen?«, raunt Papa mir zu.

Wie bitte? Ich? Während alle anderen hier schön proben, soll ich mit Lucy durch Geschrey latschen und Kindermädchen spielen. Kommt gar nicht in Frage. Was denkt sich

Papa nur? Erst übernimmt Ringo meine Rolle und jetzt darf ich nicht mal mehr zuschauen?

»Ich meine, muss ja nicht lange sein. Aber mit Lucy kommen wir hier heute nicht weit.«

Papa streichelt mir über den Rücken und zieht mich sachte an den Haaren. Soll das jetzt meine Aufgabe für das Stück sein? Erst war ich Schauspielerin, jetzt darf ich die kleinen Kinder betreuen?

Doch Papa lässt nicht locker.

»Das wäre echt klasse von dir, Asta. Ohne dich kriegen wir das hier nicht hin.

Wenig später stehe ich mit Lucy auf der Straße, habe noch ein fröhliches »Astalavista« von Papa im Ohr, sehe noch Ringo vor mir, wie er vor Lucy kniet, ihr den minikleinen Rucksack auf den minikleinen Rücken schnallt, sie ermahnt und mir dann zehntausend Blicke schickt, dankbare und aufgeregte Blicke. Ringo mit roten Wangen auf der Bühne. Und ich mit seiner kleinen quengeligen Schwester unterwegs. Irgendwas läuft hier schief. Dabei hab ich noch genau gesehen, dass Ringo unsicher war. Er hat einen krummen Rücken gemacht. Und ein bisschen genuschelt hat er doch auch. So gut ist er nun auch wieder nicht. Das werden sie schon sehen.

Nebeneinander trotten wir den Waldweg bis zur Straße vor. Obwohl Lucys kleine schwitzige Hand in meiner Hand liegt, fühle ich mich, als wäre ich ganz allein. Lucy sieht auch nicht gerade glücklich aus. Was fange ich jetzt mit ihr an? Zum See kann ich nicht mit ihr gehen, nachher fällt sie noch hinein und ich bin dann schuld. An die Wipper vielleicht, an die schöne flache Stelle? Nee, das ist mir jetzt zu weit.

Als wir an dem kleinen Park von Geschrey vorbeikommen, setze ich mich auf eine der leeren Bänke, die rund um ein paar Blumenrabatte stehen, und sage Lucy, dass sie jetzt spielen kann. Sie steht vor mir und starrt mich mit offenem Mund an. Versteht sie mich überhaupt? Leider gibt es hier keinen Spielzeug-Kaufmannsladen. Aber Kaufmannsladen spielen ist auch echt das Letzte, was ich jetzt machen will. Ich will überhaupt nicht spielen. Ich würde am liebsten abtauchen. In Gedanken zieht eines der kleinen Schwebpartikelchen aus dem See an mir vorüber.

Das ist jetzt also mein Sommer in Geschrey. Ganz toll! Eine Frau geht vorbei und gähnt lang und breit. Gleich darauf merke ich, wie ihr Gähnen auch in mir aufsteigt, wenig später reiße ich meinen Mund auf. Gähnen ist ansteckend, sagen alle. Dann habe ich jetzt das Gähnen dieser Frau im Gesicht. Ich wische mir das fremde Gähnen mit der Hand vom Mund. Lucy wimmert, sie kämpft mit dem Verschluss ihres Rucksacks.

»Komm her«, sag ich und seufze einmal laut. Das tut gut. Mühsam zottele ich ein hässliches glitzerndes Pferd aus dem kleinen Rucksack, es hat eine lange, glänzende Mähne. Mit dem Pferd in der Hand steht Lucy nun hilflos da. Sie verzieht den Mund zu einer Schippe. Das hat Papa früher immer zu mir gesagt, wenn ich sauer war: »Jetzt zieh doch nicht so eine Schippe.« Jetzt weiß ich, was er damit meinte. Und nun? Was fängt Lucy jetzt mit dem Pferd an? Was habe ich denn alles so gemacht, als ich klein war? Ich kann mich jedenfalls nicht erinnern, dass ich so ein hässliches Pferd hatte.

Ich gucke Lucy finster an. Ich ein Babysitter. Hätte mir jemand vorher gesagt, dass ich in Geschrey Babysitter sein muss, wäre ich nie hergekommen! Dabei kann Lucy gar nichts dafür, das ist mir schon klar. Trotzdem guck ich weiter finster. Lucy finstert zurück, drückt mit ihrem Zeigefinger die Nase platt und schielt dabei. Jetzt muss ich lachen, dabei will ich gar nicht lachen.

»Bau doch eine Heinzelmännchenburg«, schlage ich vor. Mir fällt ein, dass ich so was früher gemacht habe. Lucy streckt ihre Ärmchen weit vom Körper ab, als wäre sie pitschenass. Sie versteht nicht, was ich meine, will sie mir sagen. Ich stehe auf und sammle ein paar Stöcke und Rindenstückchen. Lucy guckt mir dabei zu. Ein oller Sektkorken kommt auch noch mit. An einer Baumwurzel streiche ich die Erde glatt. Mit den Stöckchen lege ich ein Viereck.

»Das ist das Zimmer für dein Pferd.«

Lucys Augen werden größer. Sie hebt ihr Pferd hoch und starrt es an.

Dann lege ich den Korken und die zwei Rindenstücke in das Viereck.

»Schau, Tisch und Stühle.«

Lucy juchzt und springt auf und nieder. Vorsichtig stellt sie das Pferd in das Viereck.

»Bett für Pferdi«, sagt sie. »Ab in die Heia.«

»Das Bett musst du noch suchen«, sage ich und denke, *Pferdi*, wie bescheuert. Ich setze mich wieder auf die Bank. Ein paar Tauben sind neugierig geworden. Gurrend latschen sie um das Pferdi-Haus herum, ohne zu nahe heranzukommen. Komisch, wie die sich bewegen. Bei jedem Schritt müssen sie den Kopf automatisch nach vorne strecken, immerzu, den Kopf vor und zurück, vor und zurück. Ich mache es nach, aua, das tut doch weh! Ob Tauben ihr Leben lang Kopfschmerzen haben?

Plötzlich sehe ich aus den Augenwinkeln, dass Lucy gerade dabei ist, zur Straße zu marschieren. Ich springe auf und renne los, schon höre ich ein Reifenquietschen. Mir wird schlecht. Dann sehe ich, dass nichts passiert ist. Der Fahrer schimpft, ich solle mal ein bisschen besser auf meine kleine Schwester aufpassen. *Meine* Schwester! Lucy hat am Straßenrand eine ausgezutschte Capri-Sonne entdeckt und will sie als Pferdebett für die Heinzelmännchenburg. Das ist eigentlich eine gute Idee. Ich bin trotzdem sauer. Wer schmeißt überhaupt so eine leere Verpackung hier einfach auf die Straße? Doch dann sage ich: »Prima!« Lucy freut sich und hat ganz rote Wangen bekommen.

Schon nach einer Weile wird die Pferdewohnung unter dem Baum wieder uninteressant für Lucy. Und was machen wir jetzt? Vielleicht sollte ich mit ihr einfach zurück zur Waldbühne gehen? Ich hab sie doch nun lange genug abgelenkt.

»Will reiten gehen.«

Meinetwegen. Wir latschen die Straße hinauf. Lucy hoppelt mit dem Pferd in der Hand neben mir, ein Stück voraus, um mich herum und wieder voraus. Hoffentlich ist sie bald müde. Dann leg ich sie einfach auf eine Wiese zum Schlafen.

Eigentlich hatte ich es mir schlimmer vorgestellt. Aber uneigentlich ist mir ziemlich langweilig. Plötzlich bleibt Lucy stehen und lauscht. »Ringo gekommen?«, fragt sie.

»Nein, Ringo ist nicht hier. Ringo spielt jetzt Theater.« Den letzten Satz betone ich besonders, na ja, ganz schön schnippisch. Lucy guckt mich mit großen Augen an.

»Hat Ringo Aua?«

Ich muss lachen, aber dann sehe ich, dass sie die Frage ernst meint. Sie kann sich wohl nichts unter Theaterspielen vorstellen. Sie macht sich Sorgen um ihren Bruder, obwohl sie so klein ist. Lucy umarmt ihr Pferd ganz fest, wahrscheinlich stellvertretend für Ringo.

Ich seh mich um. In diese Straße hat es mich in Geschrey bisher noch nie verschlagen. Es gibt auch nichts zu sehen hier, außer … drüben auf der anderen Straßenseite. Wie magisch angezogen wechsele ich die Seite und bleibe vor einem Schaufenster stehen. Ich greife Lucys Hand, damit sie nicht wieder abhaut. Eine ganze Weile starre ich in das Schaufenster. Es ist ein Tauchladen. Überall hängen Bilder mit Unterwasseraufnahmen. Sofort tauche ich in Gedanken ab in das dunstig-grünliche Wasser des Sees, obwohl die Bilder im Fenster ganz anders aussehen, da sind Korallen drauf und bunte Fische, wie ich sie nur aus dem Zoo-Aquarium kenne. Ich muss ganz tief Luft holen, ich schließe die Augen und denke daran, wie ich letztens im See untergetaucht bin und alles ganz still war.

Lucy zerrt an meiner Hand und quengelt, ich öffne meine Augen wieder, doch ich lass sie nicht los. Mein Blick fällt auf einen langen Schnorchel, der ganz rechts liegt. Dahinter steht ein Bild, auf dem eine Frau mit Schnorchel, Taucherbrille und Flossen im Wasser herumschwimmt. Das Bild ist unter Wasser aufgenommen, sie lacht in die Kamera. Was sie da unten wohl alles sieht? Ich will das auch! Plötzlich wird mir ganz heiß. Ich kann zwar nicht tauchen, aber Schnorcheln müsste doch zu machen sein. Schnell rechne ich zusammen, was auf den Preisschildern steht. Schnorchel und

Taucherbrille kosten fast fünfzig Euro, so viel hab ich nicht. Und dann noch Flossen, braucht man die überhaupt? Geht doch bestimmt auch ohne. Ob es die Sachen auch billiger gibt? Aber wo?

»Au«, quietscht Lucy jetzt neben mir und versucht, sich aus meinem Griff zu befreien. Ich hab gar nicht gemerkt, dass ich ihre Hand so fest gedrückt habe. Lucy fängt schon wieder an zu heulen.

»Na, wer wird denn hier weinen?«

Ein Mann steht plötzlich neben uns. Er nimmt Lucy auf den Arm.

»Lucy Bode, du bist aber ganz schön gewachsen!«

Lucy fängt sofort an zu gickern. Sie scheint den Mann zu kennen, na ja, in Geschrey kennt fast jeder jeden, wenigstens ein bisschen. Ich bin froh, dass der Mann sich jetzt um Lucy kümmert, und starre weiter in das Schaufenster.

»Interessierst du dich fürs Tauchen?«

Ich schau zu ihm hoch und nicke stumm.

»Das ist mein Laden, ich bin Tauchlehrer. Ich mach auch Kurse für Kinder. Wenn du Lust hast …«

»Echt?« Ich starre abwechselnd in das Schaufenster und auf ihn. Der Mann muss lächeln.

»Wie lange dauert so ein Tauchkurs?«

»Zuerst brauchst du eine Bescheinigung vom Arzt, dass du gesund bist und tauchen lernen kannst. Dann üben wir erst eine ganze Weile in einem Schwimmbecken, bevor wir den ersten Tauchgang im offenen Gewässer wagen. In einem Monat beginnt ein neuer Lehrgang. Frag doch deine Eltern.«

Ungläubig starre ich immer noch in das Schaufenster und höre dem Mann zu.

»So lange bin ich nicht in Geschrey«, sag ich leise. Lucy, die immer noch auf dem Arm des Mannes sitzt, patscht mit ihrer Hand auf dessen Glatze herum. Es scheint ihn nicht zu stören.

»Ach so«, sagt der Mann. »Du bist nicht von hier. Dann machst du eben da einen Kurs, wo du herkommst. Und fürs Erste kannst du das Schnorcheln üben. Das geht schnell.«

Wie elektrisiert starre ich wieder auf den quietschgelben Schnorchel im Schaufenster.

»Der sieht gut aus, was?« Und jetzt steht auch noch Uli neben uns. Der fremde Mann und Uli begrüßen sich.

Uli zwinkert mir zu. »Bist du in Gedanken schon wieder unter Wasser? Übrigens, Ringo sucht dich. Wenn du dich beeilst, erwischst du ihn unten an der Kreuzung.«

»Ringo!«, jubelt Lucy.

Dann ist er also fertig mit der Probe. Und ich bin endlich Lucy los. Der Mann lässt Lucy wieder runter, ich rufe noch einen Abschiedsgruß über die Schulter und renne los. Also, wenn man das als Rennen bezeichnen kann, mit Lucy an der Hand.

Ich sehe Ringo schon von Weitem. Als er uns sieht, kommt er sofort mit riesigen Giraffenschritten und wedelnden Armen auf uns zu und nimmt die vor Freude quietschende Lucy auf den Arm. Immerzu wird man auf den Arm genommen, wenn man so klein ist. Ich forsche in Ringos Gesicht. Wieder leuchten seine Augen grüner als sonst. Waren die nicht immer grau? Das Grün erinnert mich an den See. Und tatsächlich ist der Ausdruck in Ringos Gesicht genauso ruhig, wie ich mich unter Wasser gefühlt hab.

»Das vergesse ich dir nie«, sagt Ringo. »Danke, danke, danke, Asta.«

Ich nicke verlegen. »Wie war's?«, frag ich und schlucke alle schlechten Gefühle runter.

»Es ist … irgendwie … unbeschreiblich!«

»Hat Mama viel verbessern müssen bei dir?«

»Nö.« Ringo guckt ratlos. »Wieso?«

Ich zucke mit den Schultern.

»Ringo Theater pielen?«, kräht Lucy und zieht Ringo am Ohr.

»Mist!«, ruft Ringo. »Das hat sie sich gemerkt. Ich hab nicht überlegt, dass Lucy das ja alles mitkriegt«, raunt er mir zur Seite zu.

»Was meinst du?«

»Zu Hause darf doch keiner wissen, dass ich bei dem Stück mitmache, hoffentlich verplappert sie sich nicht.«

Ich glaub, ich hör nicht richtig.

»Wie bitte?«

»Pst, nicht so laut«, fleht Ringo. Er stellt Lucy auf den Boden, kramt eine offene Tüte Gummibärchen aus der Tasche und gibt sie ihr. Sofort ist ihre ganze Aufmerksamkeit auf die Tüte gerichtet. Mit spitzen Fingern angelt Lucy in der Tüte.

»Glaubst du, meine Eltern würden mir das erlauben? Jetzt, wo die sich irgendwie nicht grün sind. Ich soll doch lernen. Und Papa hält sowieso nicht viel vom Theater.«

»Aber wie stellst du dir das vor? Das funktioniert doch nicht!«

»Ach klar. Meine Eltern kommen doch nie in die Nähe der Bühne. Die merken nichts. Die denken doch, ich lerne die ganze Zeit. Mit dir.« Ringo klopft auf seine Tasche und da schauen tatsächlich Schulhefter heraus.

Ich guck Ringo ungläubig an. Wenn ich Mama und Papa erzähle, dass Ringo gar nicht die Erlaubnis hat, Theater zu spielen, dann sind sie sauer auf ihn, egal wie gut er spielt, darauf wette ich.

»Du, ich glaube, deine Eltern müssen aber was unterschreiben, wenn du mitspielen willst. Wegen Versicherungen und so.«

Ein Schatten wandert über Ringos Gesicht. Das Leuchten ist verschwunden.

»Dann fälsche ich eben die Unterschrift.« Er sieht entschlossen aus. »Ich kriege das hin, wenn du mir hilfst. Mit Lucy und allem.« Dann guckt er mich an.

Ich schweige.

»Ach, Asta«, seufzt Ringo und lehnt sich an die Hauswand hinter ihm. »Warum ist das alles so? So kompliziert? Warum habe ich plötzlich das Gefühl, dass die Waldbühne das Wichtigste ist, was es für mich gibt?«

Was redet Ringo denn da? Bis vor Kurzem hatte der doch überhaupt keine Ahnung und jetzt tut er so, als könne er ohne das Theater nicht mehr leben. Ich versteh das nicht.

»Asta, das ist so wichtig, dass mir alles andere egal ist. Vor ein paar Tagen hätte ich mir das überhaupt nicht vorstellen können.« Kaum hat er das gesagt, hockt er sich hin und umarmt Lucy. Die versteht gar nichts.

»Bin ich dir auch egal?« Meine Frage kommt ganz leise.

»Bist du blöd?« Ringo guckt mich entsetzt an. »Wir sind doch Freunde, wir sind Asta und Ringo.«

Ich male mit meiner Schuhspitze einen Kreis auf den Fußweg, so muss ich Ringo wenigstens nicht angucken.

»Was machst du jetzt?«

»Ich muss Lucy nach Hause bringen, Essen machen und sie zum Mittagsschlaf hinlegen.«

Schon wieder den ganzen Tag Lucy.

»Aber am Nachmittag kommt Mama früher nach Hause und löst mich ab. Wir könnten doch irgendwas zusammen machen.«

»Hm. Und morgen?«

»Weiß noch nicht.«

Dann gucke ich Ringo und Lucy hinterher. Wenn der lange Ringo mit ihr spricht, muss sie ihren Kopf ganz weit in den Nacken legen, um zu ihm hochzuschauen, das sieht irgendwie süß aus. Beide zusammen.

9

Am Frühstückstisch ist es heute ungewöhnlich laut. Mama telefoniert ständig. Es geht um die Kostüme, Farben, Stoffe, Requisiten. Sie trägt dabei andauernd etwas in ihr Notizbuch ein. Als sie fertig mit Telefonieren ist, reibt sie sich seufzend die Schläfen.

»Rückt die Premiere wirklich immer näher?«, fragt sie mehr so in sich rein. »Ich weiß gar nicht, wie wir das alles schaffen sollen bis dahin …« Papa starrt angestrengt auf ein Notenblatt. Mit der linken Hand dirigiert er eine lautlose Melodie, die nur er hört. Mit der rechten Hand will er gerade sein Brötchen zum Mund führen, doch da hat er wohl was zwischen den Noten entdeckt. Seine Brötchenhand friert mitten in der Bewegung ein, obwohl er den Mund schon geöffnet hat. Das sieht richtig bescheuert aus. Dann guckt Mama auf die Uhr und erschrickt. Zack, packen beide ihre Sachen ein und stürmen los. Sie treffen Ringo gleich an der Waldbühne. Und ich laufe mal wieder durch die Straßen, wie so oft in diesem Sommer.

Es ist drückend heiß, lauter kleine schwarze Gewitterwürmchen sind in der Luft, vielleicht kommt heute noch was runter. Ich laufe und laufe und versuche, an gar nichts zu denken.

Aber das funktioniert eben nicht. Warum kann man nicht an nichts denken? Ob Ringo das weiß? Der Kopf scheint sich nicht abstellen zu lassen, da gib es keinen An/Aus-Knopf. Genauso wenig wie für das Herz. Das wär ja auch schlimm, denn Herzausschalten bedeutet ja, dass man stirbt. Aber Gedanken lassen sich auch nicht abstellen. Stirbt man, wenn man nicht mehr denkt? Ach, Blödsinn. Plötzlich klatschen eiskalte Tropfen auf meine Haut, ich muss vor Schreck die Luft anhalten. Ein Rasensprenger aus einem der Vorgärten weht einen großen Wasserbogen über mich weg. Schwapp! Der Sprenger dreht sich ein Stück und der Wasserschwall ist nun hinter mir. Ich hole tief Luft, wische mir die Tropfen aus dem Gesicht und gehe einfach weiter. Vielleicht sollte ich mich ganz entspannt in den Garten der Pension legen? Genau, das werde ich machen! Einfach mal nichts tun. Doch dann merke ich, dass ich nicht mehr weit vom alten Kindergarten entfernt bin. Und wenig später stehe ich genau davor. Im Sonnenlicht sieht das flache Gebäude richtig hässlich aus. An der einen Fensterscheibe ist noch ein Fensteraufkleber, ein riesiges Rotkäppchen. Jemand hat von außen dem Rotkäppchen eine Sprechblase angemalt. *Fuck you*, steht da. Ich klammere mich mit beiden Händen an zwei Zaunpfähle. Im nächsten Moment krabbelt es an meiner Hand, ich gucke und sehe, wie eine riesige Spinne über meine Finger schleicht. Ich kann gerade noch einen Schrei unterdrücken, wedele mit meiner Hand wie wild rum und muss mich komplett durchschütteln. Wie eklig! Ringo sagt immer: »Die tut dir doch nichts!« Als ob ich das nicht wüsste, dass eine Spinne mir nichts tut. Ich weiß auch, dass die nützlich sind. Und trotzdem sind sie eklig. Mit ihren vielen Beinen, mit denen sie so schnell sind, und überhaupt, brrrrr. Ich drehe mich um, keiner ist mehr in der Nähe und so schlüpfe ich schnell und unbemerkt in die Kita. Es ist komisch, allein hier zu sein. Im Hellen sieht der Kindergarten langweilig aus. Ich stelle mich auf eines der kleinen Klobecken und hebe die Arme. Ich beginne, den Text der Streichholzverkäuferin zu sprechen. Hier, allein und unbeobachtet, bekomme ich keinen Schweißausbruch, in mir drin bleibt es ruhig. Aber der Text klingt, als würde ich die Bedienungsanleitung einer Küchenmaschine vorlesen. Es klingt so schrecklich langweilig, als ob die Worte aus einer Tüte kommen. Ganz anders als bei Ringo. Ich höre auf. Ich wollte eine Schauspielerin sein und bin keine. Wieso kann man nicht sein, was man sein will?

Vielleicht brauche ich dafür Wanda in meiner Nähe, ihr Kichern. Ich hole mein Handy raus und öffne WhatsApp. Doch was soll ich ihr schreiben? Dass Ringo mein bester Freund ist, ich aber jetzt allein hier in einem leeren Kindergarten sitze? Ich packe das Handy wieder weg und gehe raus in den Garten, er ist umgeben von einem hohen Metallzaun, der nun überwuchert ist. Er ist ganz bunt angestrichen, überhaupt ist alles bunt. Bei kleinen Kindern ist immer alles bunt. Aber ohne Ringo ist auch ein bunter Kindergarten langweilig.

Ich gehe zurück. Je näher ich dem Marktplatz komme, desto besser fühle ich mich. Ich mag jetzt nicht allein sein und auf dem Markt sind immer Leute. Außerdem hab ich Hunger, Mama hat mir heute früh Geld gegeben. Ich kaufe mir ein Fischbrötchen und setze mich auf eine Bank und esse. Als ich aufstehe und weitergehe, laufe ich Frau Müller in die Arme.

»Mädchen!«, ruft sie erschrocken. Und schon kullern lauter kleine Beeren über den Boden. Schnell bücke ich mich und sammle die ein.

»Ich muss doch neue Marmelade machen«, ächzt Frau Müller. In die Hocke zu gehen scheint sehr anstrengend für sie zu sein.

»Aber Johannisbeeren haben Sie doch selber im Garten«, sage ich.

»Aber nicht die weißen. Und Stachelbeeren auch nicht.«

Die großen Stachelbeeren sind weit gekullert. Ich sammle sie in meinem T-Shirt-Saum, den ich mir wie einen Beutel vom Bauch weghalte. Als ich wieder hochkomme, stehe ich vor Frau Bode. Wieder ist sie von einigen diskutierenden Menschen umgeben. Auf dem Tisch vor ihr liegen Blätter, jemand unterschreibt gerade auf einer Liste. *Autofreies Geschrey*, kann ich lesen. Und: *Plastikfreies Geschrey*. Frau Bode redet mit einer Frau vom Nachbarstand, sie verkauft Gemüse. Eben sagt sie zu Frau Bode: »Das müssen Sie schon mir überlassen, worin ich meine Ware verkaufe!« Dann dreht sie sich brüsk um und stellt sich mit vor der Brust verschränkten Armen hinter ihren Stand. Frau Bode seufzt.

»Und jetzt?«, frage ich.

»Weitermachen«, sagt Frau Bode. Sie lächelt leise zu mir runter. »Bei den anderen weitermachen. Wenn irgendwann kein einziger Käufer mehr diese Plastiktüten haben will, dann wird die Verkäuferin sie von selber abschaffen.« Frau Bodes Blick geht nach innen, doch sie spricht weiter. »Bis das mal alle kapieren, dass dieses Plastikzeug unsere ganze Welt verseucht. Man findet es inzwischen in den Fischmägen ganz tief im Ozean.«

Ich denke an meine Unterwasserwelt, an die Fische, das Plankton. Schwer vorstellbar, dass die Plastiktüten, mit denen die Menschen auf der Erde alles einpacken, am Ende tief unten ins Meer gelangen. Ob man das auch beim Tauchen sieht?

Frau Bode nickt mir zu und widmet sich dem Nächsten, der eine Frage hat. Ich ziehe die Liste zu mir, nehme den Stift und schreibe *Asta Hennemann* in eine der Zeilen. Ein leises Schnaufen hinter mir kündigt Frau Müller an. Ich lasse die Stachelbeeren aus meinem Shirt in ihren Korb kullern.

»Da habe ich auch unterschrieben! Wenn Frau Bode das sagt, wird das alles schon stimmen«, ist sie überzeugt.

Ich verlasse den Markt wieder über eine Seitenstraße. Frau Müller hat mir eine kleine Papiertüte mit weißen Johannisbeeren mitgegeben. Die schmecken wirklich gut. Ich halte eine der Rispen hoch und lasse sie mir in den Mund gleiten.

Das gibt's doch nicht. Das sind doch Mama und Papa, die da vorn in dem Straßencafé sitzen! Bestimmt machen sie Mittagspause. Ich gehe über die Straße und auf das Café zu, sie sind in ein Gespräch vertieft. Vor dem Tisch der beiden steht ein großer Blumenkasten auf dem Fußweg, aus dem sich Blumen herausranken, an einem hohen Gitter hinauf. So können sie mich gar nicht sehen, was für ein prima Versteck. Ich will gerade hinter der Blumenwand hervorspringen, um sie zu erschrecken, da höre ich meinen Namen. Wie angewurzelt bleibe ich stehen.

»Ich verstehe das nicht mit dem Lampenfieber. Asta hatte noch nie Lampenfieber. Wieso ist dir nie was aufgefallen?« Sagt Mama.

»Na, du hast es doch auch nicht bemerkt! Da musst du mir doch jetzt keine Vorwürfe machen!« Sagt Papa.

»Du bist derjenige, der Asta immer abgehört hat, wenn sie ein Gedicht auswendig lernen musste oder so.« Sagt Mama.

»Ja, aber da war doch alles in Ordnung. Das kann man doch nicht vergleichen.« Sagt Papa.

»Dabei war bei der Probe noch nicht mal Publikum dabei.« Sagt Mama und seufzt.

»Unser Mädchen. Was machen wir jetzt mit ihr? Wir können sie doch nicht einfach so scheitern lassen.« Sagt Papa.

Ich halte die Luft an.

»Denkst du, mir tut es nicht leid?« Sagt Mama.

»Ich glaube, wir müssen ihr irgendeine Aufgabe geben. Schließlich ist Ringo ihr Freund, und wenn wir mit ihm proben, hat sie ja automatisch weniger Zeit zusammen mit ihm.« Sagt Papa.

»Du hast recht. Sie könnte sich vielleicht mit um die Requisiten kümmern oder so was.« Das sagt wieder Mama. Beide schweigen, einer rührt ewig mit dem Löffel in der Tasse. Meine Wangen sind ganz heiß geworden. Sitzen sie da und überlegen, wohin sie mich abschieben können. Nee. Nicht mit mir.

»Arme Asta.« Sagt Mama. »Ich wollte, ich hätte ihr diese Enttäuschung ersparen können. Hätte ich mich da bloß nie drauf eingelassen.«

»Wir dürfen das gar nicht erst als Enttäuschung behandeln, Gesa. Es war ein Versuch, meinetwegen ein Experiment.«

Dann verschluckt sich Mama. Ich hör Papa lachen und ihr auf den Rücken klopfen.

»Ich habe mir übrigens überlegt«, spricht Mama weiter, »dass wir mehr mit dem Wetter spielen müssen. Der Winter muss richtig kalt rüberkommen, er friert sozusagen die Herzen der Menschen ein, das ist ein guter Effekt.«

»Gute Idee, Gesa, wir brauchen Schnee …«

Jetzt reden sie über das Stück. Ich will nichts mehr hören. Mechanisch laufe ich Schritt um Schritt rückwärts, bis mich die nächste Querstraße zum Abbiegen rettet. Weg bin ich. Requisite, pah! Aufpassen, dass jeder Schauspieler das richtige Requisit auf der Bühne hat und nach der Vorstellung alle Requisiten schön saubermachen und verstauen. Klar, das ist ja etwas, was jeder kann! Was kann ich denn? Mich langweilen, das kann ich gerade gut. Zu Hause hängt über Mamas Schreibtisch ein Zettel, da steht drauf: *Langeweile ist die Schwelle zu großen Taten.* Das hat bestimmt jemand Berühmtes gesagt, Mama hat lauter solche Zettel. Ich habe aber keine Lust auf Langeweile. Und ich will auch nicht, dass sich Mama und Papa etwas für mich ausdenken, um mich zu beschäftigen. Ich geh jetzt einfach ein Eis essen, so.

Die Eisverkäuferin ist mit ihren Gedanken ganz woanders, sie reagiert gar nicht auf mich. »Ich wollte eine Kugel Himbeer«, sage ich nun zum dritten Mal.

»Asta!«, ertönt es hinter mir. Ringo ist hier.

»Du klingst aber komisch«, sag ich.

»Ich kann gerade nicht richtig sprechen, ich hab so viel Eis gegessen, dass meine Zunge eingefroren ist.«

»Ist deine Probe schon vorbei?«

»Bei mir war heute nicht viel zu machen«, antwortet Ringo. Dann hebt er den Kopf und streckt seine Zunge in Richtung Himmel. »Damit sie wieder warm wird«, schiebt er erklärend hinterher und zwinkert.

»Warum hast du mich nicht zum Eisessen abgeholt?«, frage ich vorwurfsvoll, ohne auf seinen blöden Witz einzugehen.

»Ich hab Lucy an der Backe.« Ringo zeigt hinter sich.

Lucy ist schwer beschäftigt und wischt mit einem Lappen die wenigen kleinen runden Metalltischchen und Stühle ab, die vor der Eisdiele stehen. Der Lappen ist allerdings so dreckig, dass er überall schmierige Spuren hinterlässt. Es scheint Ringo egal zu sein, mir auch.

Soll ich ihm erzählen, was ich vorhin zufällig mitangehört habe? Eigentlich erzähle ich Ringo immer alles, aber jetzt ist er ja genau genommen so was wie ein Verbündeter meiner Eltern. Er gehört zur Waldbühne, ich nicht mehr.

»Aber morgen hab ich Lucy-frei. Und nur eine kleine Probe für die Szenenübergänge. Kommst du dann an der Waldbühne vorbei? Danach könnten wir zum See.«

Ich gucke zu Lucy und zucke mit den Schultern.

»Ach bitte, komm. Wir sehen uns doch sonst gar nicht.«

»Hm, ja, stimmt schon«, sage ich unentschieden.

Dann holen wir uns noch eine Kugel Eis, für Ringo ist es die fünfte. Wir sitzen auf der Blumenrabatte, lecken und dösen und es ist drückend heiß. Nach einer Weile grummelt es über dem Wald. Sag ich doch, es gibt Gewitter. Der Himmel färbt sich auf der einen Seite von hellblau zu dunkelblau, immer dunkler, das Grollen kommt näher und wird lauter. Lucys Wischbewegung friert ein, sie starrt nach oben mit ihrem kleinen offenen Mund, dann sucht sie Ringo mit den Augen. Sie bekommt Angst. Und eigentlich sollten wir alle nach Hause gehen, denn jetzt kracht es so laut, als ob es Geschrey auseinanderreißt. Ich weiß gar nicht, wie mein See bei Gewitter aussieht, aber es wäre bestimmt gefährlich, jetzt zum See zu gehen, denn ich müsste ja durch den Wald. Schade.

Dicke Tropfen klatschen auf mein T-Shirt, jetzt aber los. Ringo schnappt sich Lucys Hand und wir rennen ins Innere des Eiscafés.

Als ob da oben jemand alle Wasserhähne aufgedreht hat, peitscht es von einem Moment auf den anderen Wassermassen gegen die Scheibe des Cafés. Wir stehen alle drei an das Schaufenster gepresst und starren raus ins Wasser. Es fühlt sich an, als stünden wir in einem Boot. Die Eisverkäuferin kommt zu uns, presst sich auch an die Scheibe und murmelt: »Das braucht der Wald.« Dann lässt der Regen etwas nach, er peitscht nicht mehr. Automatisch treten wir alle einen Schritt zurück. Da, wo Lucy stand, ist ein großer verschmierter Fleck auf der Scheibe. Ich sehe, wie die Eisverkäuferin die Stirn runzelt. Ich puffe Ringo in die Seite und deute mit einem Blick nach draußen.

»Meinst du?«

»Los!«

Wir ziehen unsere Schuhe aus und rennen nach draußen ins Freie. Der Regen ist viel wärmer als die Tropfen aus dem Rasensprenger, die ich heute auch schon abgekriegt habe. Ringo winkt Lucy, sie soll auch kommen, erst traut sie sich nicht, doch dann kommt sie rausgerannt.

»Dußen«, ruft sie. Dann zieht auch sie ihre Sandalen aus

und patscht mit ihren Füßchen in den Pfützen rum. Die Eisverkäuferin steht immer noch drinnen an der Scheibe und guckt missmutig zu uns. Ich glaube, sie würde jetzt auch gern im Regen duschen, aber sie traut sich nicht. Wir tanzen und lachen, mein T-Shirt ist längst durchgeweicht. Ich schicke schnell einen prüfenden Blick an mir runter, ob man durch das nasse T-Shirt was sieht, aber keine Gefahr, es ist dunkelblau.

Ich strecke dem Regen meine Hände entgegen und weiß, dass ich den Regen noch mal treffen werde: im See, denn er fällt auch in den See und bleibt darin.

Ringo nimmt Lucy auf den Arm und tut so, als würde er Walzer mit ihr tanzen. Er strahlt mich an, dicke Regentropfen laufen über sein Gesicht. Ringo ist glücklich. In diesem Moment ist alles ganz, ganz schön. Und da schleicht sich plötzlich ein Gedanke an. Ein ganz fieser, heimtückischer Gedanke. Wenn ich ihn verpetzen würde, dann wäre alles vorbei. Ringo verpetzen – ich spreche die Worte leise vor mich hin, damit ich merke, wie ungeheuerlich sie klingen. Schnell mach ich den Mund weit auf und lass den Regen hereintropfen, damit er die Worte herausspült.

10

Als ich aufwache, ist ungewöhnlich viel Bewegung in meinem Zimmer. Wind bläst die Gardinen am Fenster hin und her, das raschelt. Es regnet wieder. Regen ist zwar gut für den Wald, aber schlecht für die Waldbühne. Vielleicht fällt die Probe ins Wasser. Schnell presse ich mein Gesicht ins Kopfkissen, damit ich gar nicht erst darüber nachdenken kann, ob ich das am Ende gut finde. Immer diese komischen Gedanken in meinem Kopf. Solange ich zurückdenken kann, war zwischen mir und Ringo alles gleich. Wir haben das Gleiche gegessen, das Gleiche gemacht, das Gleiche gedacht. Und jetzt hab ich solche Gedanken.

Mama und Papa sind im Frühstücksraum. Von der Treppe aus höre ich sie reden: natürlich über Ringo. Dass er ein *Naturtalent* ist. Dass er alle verzaubert. Sie verstummen, als ich eintrete.

»Jetzt, wo ich ja überflüssig bin, kann ich doch eigentlich wieder nach Hause fahren.« Kaum hab ich das gesagt, bereue ich es. Wie komme ich darauf? Papa pustet geräuschvoll die Luft aus.

»Also erst mal guten Morgen, Asta.«

Mama legt ihre Hand auf seinen Arm und dreht sich halb zu mir um.

»Guten Morgen.«

Ich brummele irgendwas. Mama zieht mich an den Tisch und drückt mich auf einen Stuhl. Vor mir steht ein Ei in einem Eierbecher, der ein Gesicht hat. Mich lacht ein Eierbecher an. Großartig! Mit meinem Zeigefinger stupse ich das Ei so lange an, bis es umfällt: *Plock*, macht es und die Eierschale knirscht.

Mama sieht mich vorwurfsvoll an.

»Was?«, frage ich gespielt gleichgültig. »Das ist meine neue Art, Eier aufzuschlagen.«

»Astalavista, gib mir die Laus, die dir heute früh über die Leber gelaufen ist, damit ich sie zwischen meinen Fingern zerquetschen kann.«

»Christian!«, sagt Mama und guckt. Sofort ist Papa still.

»Müsst ihr nicht langsam zur Probe?«, frage ich.

Mama klemmt sich die Haare hinter die Ohren, kein gutes Zeichen. Sie setzt an: »All die Jahre bist du gern nach Geschrey gefahren. Baden gehen, Eis essen, mal bei den Proben zugucken, Quatsch mit Lutz machen, faulenzen und vor allem: mit Ringo zusammen sein.«

Ich starre Mama mit aufgerissenen Augen an, aber sie guckt zurück.

»Etwas hat nicht geklappt. Na und? Dann geht man weiter. Und vielleicht solltest du dich auch mal fragen, wie es Ringo dabei geht.«

»Das tue ich doch!«

»Gut. Dann ist doch gut. Komm, iss was. Ich denke, Ringo braucht dich viel mehr als in den anderen Jahren. Seine Eltern haben, glaube ich, eine kleine Krise. Er hat auf der Probe so was angedeutet.«

»Ach was«, sage ich schnippisch. »Habt ihr das auch schon gemerkt.«

Wie sich alle um Ringo kümmern! Wenn ich ihnen jetzt erzählen würde, dass Ringos Eltern nicht mal wissen, dass er in dem Stück mitspielt! Aber Gedanken können Mama und Papa nicht lesen. Es wäre so einfach, das auszusprechen, was ich weiß: Ringo schummelt. Er macht es heimlich und ihr merkt nichts. Wenn ich Ringo verpfeifen würde, dann wäre er sofort raus aus dem Spiel.

»Wir haben noch eine Überraschung für dich«, kommt Papa nun um die Ecke.

»Aha«, sag ich.

»Wir machen zusammen einen Ausflug«, sagt Mama. »Nach Mürbitz. Mal so richtig bummeln gehen. Worauf du Lust hast. Wir können auch ins Kino.«

Das haben sie sich gestern im Straßencafé also auch noch für mich ausgedacht!

»Freust du dich?«, fragt Papa.

Ich fühle mich ein wenig überrumpelt. Eigentlich klingt das richtig gut. Aber ich kann nicht einfach so umschwenken mit meiner Laune.

»Lass erst mal sacken«, grinst Papa. »Astalavista, wir sehen uns gleich an der Bühne.« Papa schmeißt sich den Rucksack auf den Rücken.

»Du kommst doch, wenn du gegessen hast?« Mama hält mich an den Schultern ein Stück von sich weg. »Hörst du?«

Ich nicke, aber so, dass es keiner merkt.

»Weißt du, ich hab überlegt, ob du vielleicht beim Bühnenbild helfen willst? Oder beim Licht? Licht ist sehr spannend. Oder beim Ton?«

Ah, jetzt kommt das Thema. Die Requisite ist wohl gar nicht mehr im Rennen?

»Ich will kein Licht machen.«

Obwohl ich sie nicht anschaue, weiß ich, dass Mama und Papa einen Blick wechseln.

»Komm doch einfach vorbei«, sagt Papa.

Wenig später sitze ich allein am Tisch, denke an den bevorstehenden Ausflug und gucke mir die selbstgemalten Schilder auf Frau Müllers Marmeladengläsern an: *Ritas Quittengelee*, *Johanne (nicht so süß)*, *Erdbeere klassisch*, unter *Sauerkirschkonfitüre* ist eine Kirsche gemalt, die ein Gesicht hat. Dann kommt Frau Müller in den Frühstücksraum. Wenn ich ihr erzählen würde, dass Ringo eigentlich gar nicht auf der Waldbühne sein darf, würde sie das bestimmt überall in Geschrey weitertratschen. In Nullkommanix würden das auch seine Eltern erfahren. Also, nicht dass ich das vorhabe, ich überlege nur so. Es wäre ganz einfach.

»Das Stück wird bestimmt toll!«, sagt Frau Müller, als hätte ich das Gegenteil behauptet. »Ich mach schon überall Werbung dafür. Jetzt haben wir sogar einen Prinzen in Geschrey, einen glücklichen sogar. Das ist doch toll.«

Beim Reden hat Frau Müller angefangen, den Tisch abzuräumen. Sie merkt gar nicht, ob ich zuhöre oder nicht. Wahrscheinlich ist es ihr egal. Ich stehe auf und gehe los.

Je näher ich der Waldbühne komme, desto stärker sticht es in meiner Brust. Ich stelle mir vor, wie Ringo auf der Bühne steht und alle klatschen, während ich allein im Zuschauerraum sitze. Und dann passiert es. Als sich der Weg gabelt, ein Weg Richtung Waldbühne, ein Weg Richtung See, biege ich ab. Ich kann das nicht. Ich will mir das nicht angucken, ich will nicht dabei sein, wenn Ringo da vorn alles richtig macht.

Der Waldboden ist aufgeweicht vom Regen. Ein kleiner Schlammbatzen hat sich am Steg meiner Flip-Flops eingeklemmt und breitet sich bei jedem Schritt weiter aus, bald sind meine Zehen matschig. *Schmatz, schmatz, schmatz*, macht es beim Laufen. Ich bin allein. Wieso ist eigentlich nie jemand von den Geschrey-Bewohnern im Wald? Mir fällt auf, dass ich noch nie Angst hatte hier im Wald. Wahrscheinlich, weil er nicht so tief ist, man ist ganz schnell wieder im Ort. Wir waren einmal im Urlaub, irgendwo in den Bergen, da war der Wald gruslig. Die riesigen Nadelbäume haben ihre Zweige so sehr hängen gelassen, dass ich davon schlechte Laune bekam. Viel Licht haben sie auch nicht durchgelassen. Vielleicht bin ich auch deshalb so gern am See, weil er etwas Helles ist mitten im Wald. Ganz still liegt er plötzlich vor mir. Schade, dass es nicht mehr regnet, es ist bestimmt schön, im See zu schwimmen, wenn es regnet. Ich spüle mir den Matsch von den Füßen. Zum Glück habe ich immer meinen Badeanzug und ein Handtuch in meinem Rucksack. Aber brrr, der Badeanzug ist noch feucht. Ich habe ihn, als ich das letzte Mal mit Uli schwimmen war, klatschnass in den Rucksack geknüllt und dann vergessen, ihn auszubreiten und richtig zu trocknen. Jetzt müffelt er. Ich ziehe ihn trotzdem an und renne schnell in den See.

Ich schwimme ein paar Runden, das tut so gut, und als ich wieder in Richtung Ufer gucke, steht Uli dort.

»Hallo Asta!«

Ich steige aus dem Wasser und wringe meine Haare über dem Kopf aus.

»Bist du schon fertig mit Schwimmen?«

»Wollen wir noch eine Runde?«, frage ich zurück.

Uli schüttelt den Kopf. »Heute nicht. Bin etwas steif im Rücken. Aber ich habe dir etwas mitgebracht.«

»Woher wusstest du, dass ich hier bin?«, frage ich verwundert.

»Alte Leute wissen so was manchmal.« Uli lacht. »Ach Quatsch, ich hab Zeit, ich dachte mir: Irgendwo wirst du heute schon der Asta begegnen, wenn nicht an der Waldbühne, dann hier.«

Das Wort »Waldbühne« lässt mich zusammenzucken. Doch ich komme gar nicht dazu, an den Theaterschlamassel zu denken, denn Uli packt plötzlich einen Schnorchel und eine Tauchmaske aus.

»Guck mal, die hatte ich noch. Wenn du magst, borg ich sie dir.«

Ich starre entgeistert auf die Sachen.

»Taucherflossen hab ich nicht mehr. Aber wenn du nicht so weit rausschwimmst, geht es erst mal ohne. Mit Flossen bist du allerdings schneller und kannst deine Arme ruhig am Körper halten und die Aussicht besser genießen.«

Stumm staunend höre ich Uli zu, immer noch mit den Füßen im Wasser stehend. Uli erklärt mir, wie ich Maske und Schnorchel aufsetzen und worauf ich achten muss. Er muss die Maske enger stellen für mich. Zuerst soll ich das Atmen mit Schnorchel an Land üben. Dann stelle ich mich ins flachere Wasser und tauche den Kopf vornübergebeugt unter Wasser. Ich knie mich hin. Es ist unglaublich, als ob ich eine fremde Welt betrete.

»Schön ruhig atmen«, höre ich Uli sagen, als ich kurz hochkomme. »Sollte Wasser oben in den Schnorchel kommen, einfach kurz untertauchen und beim Auftauchen Luft auspusten. Dann geht's wieder.«

Am liebsten hätte ich *Hallo, hier bin ich* in den See gerufen, aber das geht ja nicht mit dem Schnorchel im Mund. Trotzdem ist es, als hätte ich eine Tür zum See geöffnet, die vorher geschlossen war. Und schon liege ich, sachte schwimmend, auf der Wasseroberfläche und gucke ganz entspannt runter in den See. Je weiter ich schwimme, desto tiefer wird es und dann sehe ich einen kleinen Wald, ein Unterwasserwäldchen, lauter kleine Sträucher und Bäumchen, die ich vorher noch nie gesehen habe! Das Sonnenlicht wabert in türkisgrünen Schwaden durch das Wasser. Kleine Fische toben in dem Licht herum. Alles ist neu und aufregend.

Als ich wieder an Land wate, weiß ich gar nicht, was ich sagen soll. Uli lächelt.

»Die Tiefsee ist es nicht gerade, aber schon nicht schlecht, oder?«

»Es ist mega!«

Uli lacht. »Toll, dass man so tief runtergucken kann, was? Du musst nur immer darauf achten, dass die Maske gut sitzt und keine Haare dazwischen sind, sonst ist sie undicht.«

Ich nicke stumm. Ich bin immer noch überwältigt.

»Heißt das, ich darf deine Maske und den Schnorchel noch mal benutzen?«

»Solange du in Geschrey bist, natürlich. Bei mir liegen

die doch bloß rum. Vielleicht kannst du dir bei unserem Tauchlehrer noch ein paar Flossen leihen.«

Glücklich lass ich mich auf mein Handtuch fallen, das auch noch feucht ist und müffelt, weil der Badeanzug so lange nass drin eingewickelt war.

Uli ist heute wieder in Plauderlaune: »Früher, als es noch keine Tauchmasken und Taucheranzüge und Sauerstoffflaschen gab, konnten die Leute nicht so tief ins Meer runterschauen. Sie haben damals gedacht, dass das Meerwasser am Meeresgrund so dicht ist, dass nichts hindurchfallen kann, und dass gesunkene Schiffe deshalb niemals auf dem Meeresgrund ankommen, sondern im Wasser herumschweben und nie zur Ruhe kommen.«

Ich stelle mir vor, wie so ein kleines Geisterschiff durch die Pflanzen wabert, die ich eben da unten gesehen hab, auch wenn es nicht das Meer ist, sondern nur ein See.

»Das ist natürlich Quatsch, hört sich aber trotzdem schön geheimnisvoll an, was?«

Ich nicke.

»Ein bisschen ist das auch in unserem See so, mit den unterschiedlichen Dichten im Wasser«, sagt Uli.

»Wie meinst du das?«

»Also, im Laufe des Sommers erwärmt sich die obere Wasserschicht, ungefähr bis in die Tiefe von sechs Metern. Aber das Wasser darunter bleibt kalt.«

Ich nicke.

»Das warme und das kalte Wasser haben eine unterschiedliche Dichte. Da, wo beide Wasserschichten aufeinandertreffen, lagern sich kleine Partikel in dem warmen Wasser ab, das sieht dann aus wie ein gespenstischer Nebel im Wasser. Taucher nennen das »Sprungschicht«, diese Grenze zwischen warmem und kaltem Wasser. Beide Schichten tauschen nichts miteinander aus, also wird im Laufe des Sommers das kalte Wasser ganz unten immer sauerstoffärmer. Erst die Herbststürme wirbeln alles wieder durcheinander.«

Fasziniert starre ich Uli an. »Das kann man sehen? Zwei unterschiedliche Wasser, die aufeinandertreffen. Eine Grenze im Wasser! Mitten im See. Wie geheimnisvoll!«

»Ja. Wenn du mal richtig tauchen gelernt hast, kannst du das sehen.«

Ich gucke auf die weite ruhige Oberfläche des Sees, der heute irgendwie eine dunklere Farbe hat. Ich stelle mir vor, wie das ist, wenn ich mich eines Tages da unten so gut auskenne wie im restlichen Geschrey.

»So, ich muss jetzt mal los.«

Ich weiß ganz genau, wo Uli jetzt hingeht. Aber plötzlich ist es nicht mehr so schlimm, wenn ich an die Waldbühne denke.

»Du schwimmst bitte nie zu weit hinaus, wenn du schnorchelst, hörst du? Immer schön am Rand bleiben.«

Ich nicke.

Als Uli weg ist, gehe ich gleich noch einmal mit Maske und Schnorchel in den See. Schade, dass hier nicht so viele Tiere zu sehen sind. Ich denke an die ganzen komischen Kreaturen, von denen Uli erzählt hat, dass sie in der Tiefsee leben, Seegurken und Quallen zum Beispiel. Unter Wasser muss ich fast gar nicht an Ringo denken. Ach Blödsinn, das stimmt ja gar nicht. Ich denke die ganze Zeit an ihn.

Ich stelle mir vor, wie er auf der Bühne stottert, wie er seine langen Beine nicht unter Kontrolle bekommt und wie eine Giraffe herumstakst. *So wird das nichts, Ringo*, würde Mama dann sagen. Und dann könnte er mal sehen, wie sich das anfühlt. Und gleichzeitig denke ich, wie glücklich Ringo ist, seitdem er in dem Stück spielt, ich denke an das Leuchten in seinen Augen.

Als ich rauskomme, bin ich nicht mehr allein am See. Am linken Ufer hat eine Familie ihr Lager aufgeschlagen. Sie wollen lange bleiben, sie haben Campingstühle, Decken und eine Kühltasche dabei. Ich wäre lieber allein.

An Land entdecke ich noch ein Geschenk von Uli. Er hat mir ein Buch unter meinen Rucksack geschoben, ein Buch über die Tiefsee mit vielen Bildern. Ich schaue mir ein Bild von dem Glaskopffisch an und grusele mich. Er sieht aus wie ein kleines Monster, eigentlich ziemlich hässlich, aber ich muss ihn trotzdem ganz lange angucken. Sein Kopf sieht aus wie aus Glas, man kann hineinschauen. Zum Glück kann niemand in meinen Kopf schauen und sehen, was ich denke.

Irgendwann will ich solche Tiere in echt sehen, ganz tief unten am Meeresboden. Das will ich! Ich will Tiefseeforscherin werden! Meeresbiologin! Einmal tief Luft holen. Doch, das ist es, das will ich. In Gedanken sehe ich mich schon in einer Kapsel geräuschlos dem Meeresboden entgegentauchen, wie in einem Abenteuerfilm. Um mich herum flirren lauter fluoreszierende Wesen, elegante Quallen winken mir mit ihren Tentakeln. In dem Buch von Uli ist auch ein Gerät abgebildet, »Dredsche« heißt es, es sieht aus wie ein riesiger Kescher. Forscher ziehen es in unbekannten Gewässern über den Boden, und was drin hängen bleibt, untersuchen sie. Ein bisschen wie bei den Goldsuchern. So was könnte ich doch im See versuchen. Wer weiß, was ich dort alles finde? Etwas Seltenes, wovon die Leute in Geschrey nichts geahnt haben, weil es sich auf dem Grund ihres Sees befindet. Plötzlich muss ich an die Schwalbe und das Herz des glücklichen Prinzen denken. In der Geschichte sind es die zwei kostbarsten Dinge der Stadt. Was sind wohl die kostbarsten Dinge von Geschrey? Ob sie im See verborgen sind? Ganz unten in der kalten Wasserschicht?

Ich stehe auf und gehe näher an den See. Seine Oberfläche kräuselt sich, am Ufer plätschert es. Irgendwann werde ich die Welt unter dieser Oberfläche genauso gut kennen wie den Rest von Geschrey. Bestimmt. Ich kriege gute Laune. Mein Blick schweift über den See. Auf der anderen Seite gibt es nicht so ein breites Ufer wie hier, da ist alles bewachsen mit Schilf. Im Schilf verstecken sich bestimmt ganz viele Tiere. Ich atme den Geruch des Wassers ein. Ich stelle mir vor, dass jemand eine Schaukel an die hochgewachsenen Bäume gehängt hat, die rechts am Ufer stehen. Eine Schaukel mit ganz langen Seilen, und man kann ganz weit und hoch hinausschaukeln und sich dann von oben fallen lassen, mitten in den See hinein. Aus der Luft direkt eintauchen in die verborgene Wasserwelt, wie ein Vogel, der aus der Luft einen leckeren Fisch im Wasser entdeckt hat. Aber ich würde die Fische aus dem See nie essen, die wohnen doch da! Mit dem Schnorchel kann ich sie viel besser besuchen als vorher. Und den Schnorchel und die Tauchmaske hab ich jetzt den ganzen Sommer für mich, ich kann jederzeit in den See, egal wann ich will. Und die anderen müssen sich mit dem glücklichen Prinzen abgeben, der all seine Kostbarkeiten weggibt und nichts dafür kriegt. Und am Ende ist er weg und niemand erinnert sich an ihn. Plötzlich weiß ich gar nicht, warum ich jemals so scharf drauf war, in einem Stück mitzuspielen, in dem ein Prinz am Ende gar nichts mehr hat.

Ich habe die Zeit vergessen, ein Riesenhunger grummelt in meinem Bauch. Mit großen Schritten laufe ich über den weichen Waldboden, das Licht fällt durch die Baumkronen. Alles ist so schön. Ich bleibe stehen und lasse Springkraut zerplatzen und muss sogar lächeln dabei.

Plötzlich höre ich hinter mir etwas. Mit zusammengekniffenen Augen schaue ich in das Dickicht und weiche vor Schreck einen Schritt zurück. Da steht die Eisverkäuferin und umarmt einen dicken, großen Baum. Sie hat die Arme um ihn herumgeschlungen und den Kopf an die Rinde gelegt. Dann entdeckt sie mich. Ich glaube, sie erschreckt sich noch mehr als ich. Stumm sehen wir uns eine Weile an, dann laufe ich schnell weiter.

Papa sitzt im Garten der Pension, mitten auf der Wiese, und liest Zeitung, sein Gesicht ist komplett hinter der Zeitung verschwunden. Ich stelle mich vor ihm auf. Nach einer Weile weiß ich, dass er nicht mehr liest, sondern darauf wartet, dass ich anfange zu sprechen.

»Ich will Tiefseeforscherin werden, Papa.«

Die Zeitung verschwindet in Papas Schoß.

»Wie bitte?«

Ich nicke nur noch, aber das sehr bestimmt.

»Woher kommt denn die Idee?«

Ich zeige Papa Ulis Buch, die Bilder von dem Glaskopffisch, von den ganzen eigenartigen Wesen, die ganz weit unten leben und die bisher vielleicht eine Handvoll Leute in echt gesehen haben. Papa hört sich alles stumm an.

»Und als Erstes will ich tauchen lernen, hörst du?«

»Tauchen? Bist du dafür nicht viel zu klein?«

»Längst nicht mehr, das darf man schon mit zehn Jahren. Aber man braucht vorher die Erlaubnis vom Doktor.«

»Woher weißt du das alles?«

»Hat mir der Tauchlehrer aus Geschrey erzählt.«

»Ach was. Es gibt einen Tauchlehrer in Geschrey?!«

Papa ist echt beeindruckt und guckt mich mit einem Papa-Lächeln an.

»Astalavista, und ich habe mich schon gefragt, was du die ganze Zeit in Geschrey machst. Also, das musst du mir und Mama aber ganz genau erzählen. Am besten auf unserem Ausflug morgen.«

Ach ja, morgen ist der Ausflug, so langsam wird dieser Sommer doch ganz gut. Ich deute einen Köpper an und springe Papa über den Haufen, die Zeitung zerknittert und wir kullern ins Gras. Gleich darauf hält sich Papa den unteren Rücken.

»Ich werde alt«, murmelt er und erhebt sich ächzend.

»Wo ist Mama eigentlich?«, frage ich.

»Oh, Mama arbeitet. So kurz vor Schluss zweifelt sie an allem, was das Stück betrifft. Wir haben noch viel Arbeit vor uns.« Papa drückt die Hände hinten in den Rücken und streckt sich durch. »Heute war übrigens jemand sehr traurig, weil du dich nicht hast blicken lassen.«

»Lief wohl nicht gut, die Probe?«, frage ich, dabei wollte ich das gar nicht sagen.

Erstaunt sieht Papa mich an. »Wie kommst du darauf? Es

läuft wunderbar, das Stück wird famos. Aber es gibt einen Wermutstropfen.«

»Welchen?«

»Dass du nicht mehr dabei bist. Wir vermissen dich alle auf der Waldbühne.«

Ach so! Jetzt ist es auf einmal traurig, denke ich. Tja, nun müssen sie ohne mich klarkommen.

»Aber dass du jetzt so aufregende Pläne hast, finde ich toll! Tauchen kann keiner von uns!«

Dann kommen Lutz und die anderen, Weinflaschen werden entkorkt, Lena-Marie fängt an, Gitarre zu spielen, alle singen. Frau Müller sitzt vergnügt dazwischen. Zwischendurch kommt Lutz zu mir, er haut mir leicht auf den Rücken und sagt: »Du machst dich rar, Prinzessin. Komm mal wieder rum.«

Schnell verdrück ich mich aufs Klo. Den ganzen Abend diskutieren alle nur über das Stück. Ich kann's nicht mehr hören, ich will lieber über meine Tauch- und Tiefseepläne reden, aber dafür interessiert sich natürlich niemand. Ich wette, keiner vom Ensemble hat schon mal was von einem Glaskopffisch gehört! Da geh ich lieber schlafen.

11

Ich bin mir gar nicht sicher, ob ich schon geschlafen habe. Jedenfalls bin ich auf der Stelle wach, als ein Stein mein Fenster trifft. *Doing.* Wieder klopft ein Steinchen an mein Fenster. Schweren Herzens verlasse ich mein warmes, weiches Bett und schleiche ans Fenster. Doch dann bin ich sofort hellwach, denn unten steht Ringo. Lang und dünn ist der Schatten, den seine Gestalt auf den Fußweg wirft. Als Ringo mich entdeckt, wedelt er mit seinem langen Arm, ich soll runterkommen. Ich weiß nicht recht. Ob er sauer ist, weil ich heute nicht zur Probe gekommen bin? Vielleicht will er mir die Meinung geigen? Aber eigentlich bin ich doch sauer? Wie auch immer, ich kann doch Ringo nicht einfach so stehen lassen.

»Ich muss mich erst anziehen«, rufe ich im Flüsterton hinunter.

Ringo nickt.

Beim Anziehen fällt mein Blick auf die Uhr. Es ist halb zwei! So spät! Die ganze Pension ist mucksmäuschenstill. Ich nehme trotzdem den geräuschfreien Weg auf dem Treppengeländer. Bevor ich die Tür öffne, atme ich noch einmal tief durch. Und dann stehe ich vor Ringo und der Blick aus seinen Augen trifft mich wie ein Wasserstrahl. Er will gerade anfangen zu reden, da leg ich den Finger auf den Mund. Bestimmt hat Frau Müller einen leichten Schlaf und wacht sofort auf. Wir gehen einfach los und es ist ganz klar, dass wir zum alten Kindergarten laufen. Wenn ich zu Ringo gucke, schaut er weg, wenn er guckt, dreh ich schnell den Kopf zur Seite. Wir sagen die ganze Zeit nichts.

Obwohl es stockdunkel ist, fühle ich mich im Kindergarten ganz sicher und ich weiß genau, wo ich langgehen muss, viel besser als bei meinem letzten Besuch allein hier und im Hellen. Vielleicht liegt es daran, dass Ringo neben mir ist?

»Waschraum oder Gruppenraum?«, fragt er.

Ich gehe vor in den Waschraum. Ringo öffnet das Fenster zum Garten, ich starre in den nächtlichen Garten, der nur wenig Licht von den Straßenlaternen vorn auf der Straße abkriegt. Ich starre auf die Wiese, die hoch steht, weil sie keiner mehr mäht und keiner mehr drüberläuft. Mit einem Ruck stemme ich mich mit den Händen hoch aufs Fensterbrett. Ringo nimmt neben mir Platz. Das einzige Geräusch im Raum, außer den Grillen von draußen, ist ein Tropfgeräusch. Einer der kleinen Wasserhähne tropft. Ich zähle die Sekunden, von Tropfen zu Tropfen, meist sind es vier, manchmal sogar sechs. Ich stelle mir vor, wie es wäre, hier im Kindergarten meine Tage zu verbringen. Den ganzen Tag spielen, essen, schlafen und irgendwann abgeholt werden. Sich um nichts kümmern, keine unangenehmen Aussprachen führen müssen. Ein Leben im Kindergarten ist so schön leicht. Die Grillen hinter uns im Garten zirpen zur Bestätigung noch lauter. Dabei bin ich doch froh, bald dreizehn zu werden, ich will doch kein Kleinkind mehr sein!

Ringo nimmt seine Taschenlampe vom Schlüsselbund und hält sie genau zwischen uns, ich schiebe seine Hand mehr hin zu ihm, damit ich ihn besser sehen kann. Ringo sieht müde aus. Er überlegt, er weiß nicht, wie er anfangen soll. Ich warte einfach, Ringo will mir etwas sagen, ich weiß, dass es etwas Wichtiges sein muss.

Er knipst die Taschenlampe aus und ich kann sein Gesicht nicht mehr sehen. Er holt tief Luft und beginnt schließlich: »Hast du schon mal darüber nachgedacht, wie du nachdenkst?«

Typisch Ringo, er beginnt mit einer Frage, auf die ich keine Antwort weiß. Oder doch? Ich gucke in den finsteren Raum und überlege.

»Nein. Hab ich noch nie drüber nachgedacht.«

»Weil, weißt du, Asta … Genauso fühlt es sich an, wenn ich auf der Bühne stehe. Verstehst du, was ich meine? Als ob ich nicht richtig da bin, oder besser, als ob ich zwei Mal da bin, weil ich das Gefühl hab: Ich schau mir selber zu, wie ich rede, wie ich mich bewege.«

Ich starre ins Dunkel. Das hört sich verrückt an, was er da sagt. Ich stelle mir vor, wie sich auf der Bühne ein Schatten in Ringo-Form von Ringo löst, an den Rand geht und ihm von dort aus zusieht.

»Das klingt ein bisschen gespenstig«, sage ich.

»Ist es aber nicht.«

Ich höre Ringos Atem neben mir. Ringo schlägt seine Beine übereinander und plötzlich liegt mindestens die Hälfte seiner Hand auf meiner. Ich lasse es so. Eigentlich könnte ich jetzt die Zeit anhalten. Ich lausche dem tropfenden Wasserhahn.

»Und willst du wissen, was es Neues gibt?«

Ich zucke unmerklich mit den Schultern.

»Wir haben das Stück verändert. Stell dir vor, der Prinz, der steigt von seinem Sockel.«

Ich ziehe meine Hand unter Ringos wieder weg und lege sie in den Schoß.

»Das weiß ich schon lange, das ist nicht neu«, sage ich.

Ringo lässt sich nicht beirren. »Aber der Prinz will nicht eingeschmolzen werden, das lässt er sich nicht gefallen. Und die Schwalbe muss nicht erfrieren, der Streichholzverkäufer, also ich, ich nehme sie bei mir auf. Sie bleibt den Winter über bei mir. Wir halten zusammen.«

»Aha«, sag ich. »Und ich hab heute etwas über Seegurken gelesen.«

Meine Antwort klingt patzig. Ringo ist überrumpelt und schaltet die Taschenlampe an. In seinem Gesicht stehen lauter Fragezeichen. Über Seegurken weiß er bestimmt nichts.

»Seegurken sind die Staubsauger des Meeres, und wenn sie angegriffen werden, dann werfen sie zur Abschreckung des Gegners ihre Gedärme ab.«

Ringo schweigt irritiert. Ich schweige auch. Es fühlt sich ganz dick an, dieses Schweigen. Warum habe ich das gesagt? Jetzt ist es zu spät.

»Es ist doof so, wie es ist«, sagt Ringo und es klingt, als ob er sich dabei verschluckt. Er legt die Taschenlampe neben sich auf das Fensterbrett, der kleine Lichtkegel breitet sich in der Mitte des Raumes aus.

»Ja.«

Plötzlich stehen mir die Tränen in den Augen, die fühlen sich an, als wären sie so groß wie Kirschen. Schnell die Augen schließen. Ich muss an die früheren Sommer denken, als alles einfach nur schön war.

»Wieso sind wir so, so anders als früher?«, fragt Ringo, als ob er das Gleiche gedacht hat wie ich. »Ist das wirklich alles nur wegen dem Stück?«

Ich zucke mit den Schultern.

»Und wenn wir beide ab jetzt so tun, als gäbe es die Waldbühne gar nicht?«, sagt Ringo plötzlich.

Was ist denn das für ein Vorschlag? Ich starre ihn an.

»Das funktioniert doch gar nicht.«

»Doch«, sagt Ringo und verschränkt die Arme. »Wir sehen uns einfach immer nachmittags und dann tun wir so, als gäbe es keine Waldbühne, keinen glücklichen Prinzen, keinen Streichholzverkäufer … Dann ist es wie früher!«

»Und wir sind einfach nur am See, an der Wipper und so?«

»Genau. Ringo und Asta am See. Wie früher.«

»Ob das funktioniert?«

»Es ist ein Plan. Hast du einen anderen oder machst du mit?«

Ja, das wäre so schön, wenn alles so wie früher wäre, Sommer in Geschrey mit Ringo.

»Ja!«, sage ich kurz entschlossen.

Feierlich reicht mir Ringo seine Hand.

»Also Stillschweigen über alles, was mit dem Theater zu tun hat. Frieden.« Dann tut er mit dem Finger so, als würde er sich den Mund wie einen Reißverschluss verschließen. Ich mache es ihm nach.

Ringo geht zu dem tropfenden Wasserhahn und dreht ihn zu. Er steht mit dem Rücken zu mir vor dem Waschbecken.

»Du, ich hab Schiss, dass meine Eltern sich trennen.«

»Echt? Oh.«

Ich weiß gar nicht, was ich sagen soll. Ich muss an Mama und Papa denken, die streiten sich auch oft, aber meistens über Theatersachen. Ich habe noch nie das Gefühl gehabt, dass die sich trennen, bei Mama und Papa ist es so, als wären sie schon immer zusammen auf der Welt gewesen.

»Wieso glaubst du das?«, frage ich.

»Die streiten sich so viel, manchmal sind sie richtig eklig zueinander. Ich glaube, es geht gar nicht darum, dass Mama sich für die Umwelt einsetzt und deswegen ständig weg ist. Ich glaube, die haben sich nicht mehr lieb.« Ringo macht eine Pause.

»An dem Nachmittag nach dem Gewitter war es ganz schlimm. Sie haben sich angebrüllt, sie haben beide geheult. Und als du am nächsten Tag nicht zur Probe gekommen bist, da war ich so allein irgendwie …«

»Halt!«, rufe ich schnell.

»Mann«, sagt Ringo und kneift die Lippen zusammen.

Gerade haben wir beschlossen, nicht mehr drüber zu reden, im nächsten Moment geht es schon schief. Einfach so tun, als ob es die Waldbühne und den glücklichen Prinzen nie gegeben hat, ist total schwer. Seitdem wir nicht mehr darüber reden wollen, muss ich noch öfter dran denken. Ob es Ringo auch so geht? Worüber haben wir denn früher geredet, als es das Theater mit dem Theater noch nicht gab?

»Was wird dann, wenn deine Eltern sich trennen?«

»Weiß ich doch auch nicht.«

Keiner von uns weiß es. Was soll ich denn jetzt sagen? Ich möchte ihn gern aufmuntern, aber wie?

»Los, stell mir eine deiner Fragen«, sage ich, damit diese blöde Stille aufhört.

»Okay.« Ringo klappt einen der Klodeckel auf den kleinen Kloschüsseln runter und setzt sich drauf.

»Seit wann weißt du so viel über Seegurken? Was sind denn das für komische Viecher?«

Ich muss kichern und rutsche vom Fensterbrett runter.

»Ich will Meeresbiologin werden.«

»Das hast du noch nie erzählt.«

»Weil ich es selber nicht wusste. Das ist ganz neu, aber eigentlich total logisch, alles, was im Wasser ist, hat mich schon immer interessiert.«

»Deswegen schwimmst du auch so gut. Ich kenne keine, die so gut schwimmt wie du.«

Ich merke, dass ich rot werde. »Uli hat mir ein Buch geschenkt über die Tiefsee. Weißt du, ich will tauchen lernen. Das hab ich alles herausgefunden, seit du stundenlang mit den Proben auf der Waldbühne beschäftigt bist …«

Mist!

»Jetzt hast du damit angefangen.«

Ich halte mir den Mund zu. Verflixt, ist das schwer. Und plötzlich merke ich, wie müde ich eigentlich bin. Sofort muss Ringo auch gähnen.

»Zum Glück habe ich morgen keine Probe«, sagt er.

Autsch, schon wieder.

Wir gucken uns an. Wir müssen noch üben, nicht mehr darüber zu reden. Ich muss gähnen. Ich bin so müde. Aber wir haben einen Plan. Wir verlassen schweigend die alte Kita und machen uns auf den Weg nach Hause. Es ist so still, dass unsere Schritte zu hören sind: *tapp, tapp, tapp.* So spät war ich noch nie unterwegs in Geschrey. Ringo streckt plötzlich seine Hand zu mir, ich soll stehen bleiben. Er leuchtet vor uns auf den Weg und da sehe ich es: ein Igel. Behutsam gehen wir an ihm vorbei.

»Kannst du dir vorstellen, dass die Menschen früher alle Wege gelaufen sind? Die sind sogar bis nach Italien gelaufen«, sagt Ringo.

Das kann ich mir nicht vorstellen, bis nach Italien zu laufen. Aber mir fällt auf, dass ich in Geschrey viel mehr laufe als zu Hause. Zu Hause fahre ich Straßenbahn und Bus, hier laufe ich einfach alles, zur Bühne, zum See, zur Wipper, zum Eisladen, zur Streuobstwiese, hin und her, die Straße hoch und runter.

»Ich laufe mit niemandem so viel herum wie mit dir«, sage ich. Und dann fällt mir ein, dass es diesen Sommer trotzdem weniger ist, weil Ringo jetzt Theater spielt. Autsch, ich denke schon wieder dran, bloß nicht aussprechen. Aber wir haben einen Plan, wir reden nicht mehr über das Theater, ich halte mich daran und vielleicht wird dann wirklich wieder alles wie früher.

Dann sind wir an der Stelle, an der wir uns trennen müssen. Plötzlich fällt Ringo etwas ein, er verschwindet hinter einem Busch und da fällt auch mir wieder der Einkaufswagen ein. Er ist verschwunden. Wer hat ihn genommen? Egal, es ist jetzt einfach zu spät.

»Was machst du morgen?«

»Mal was ganz anderes, Mama, Papa und ich machen einen Ausflug.«

Ringo nickt. Dann hebt er seinen Arm und im ersten Moment denke ich, er will mich umarmen, und trete automatisch einen kleinen Schritt zurück. Rot werde ich auch. Aber Ringo kratzt sich nur am Kopf und sagt einfach: »Tschüss.« Ich muss daran denken, dass sich Papa und Mama an dieser Stelle einen Kuss gegeben hätten.

Ich laufe los. Ich lass mir Zeit. Alles ist still. Ich mache einen kleinen Umweg und biege in eine kleine Straße ein. Auf einer Seite grenzt sie an ein Feld, es ist von Bäumen und Büschen gesäumt. Ich bleibe stehen und lausche. In einem Haus wird ein Fenster geschlossen und Gardinen werden zugezogen. Da kann wohl jemand nicht schlafen. In den Büschen vor dem Feld knispelt es. Vielleicht ist es diese Maus, die wir neulich gesehen haben. Der Wind streicht durch die Blätter, er klingelt mit ihnen. Es hört sich wirklich an wie ein Klingeln. Doch dann kommt ein anderes Geräusch von weiter hinten, es klingt wie ein heiseres Husten. Immer wieder ein einzelner lauter Ton mit Pausen dazwischen. Gruslig ist das! Vielleicht macht das jemand absichtlich, um mir Angst einzujagen? Ich laufe schnell zur Pension und schleiche mich am Geländer hoch. In Mamas und Papas Zimmer ist Licht, das sehe ich an dem Spalt unter der Tür. Jetzt noch? Es dauert nicht mehr lange und die Sonne geht auf. Was machen sie? Immer noch arbeiten? Bloß leise sein.

12

»Asta, wach doch auf! Was ist denn los mit dir?«

Mit Mühe krieg ich meine Augen auf. Mama steht vor mir.

»Geht es dir nicht gut?«

»Doch. Weiß nicht.« Ich blinzele Mama an, meine Augen brennen, ich glaube, ich war noch nie so müde. Aber dann fällt mir der nächtliche Ausflug ein und schon werde ich ein bisschen wacher. Und das Zweite, was mir einfällt, ist der bevorstehende Ausflug heute nach Mürbitz. Das könnte ein richtig guter Tag werden!

»Ah, ich freu mich auf heute«, sage ich, rekele mich und reibe mir die Augen. Ich stelle mir vor, mit einer riesigen Cola und Popcorn im Kino zu sitzen und dann schön durch die Stadt zu bummeln. Papa will bestimmt wieder in jede Kirche, an der wir vorbeikommen, und Mama macht Fotos.

Mama lässt ihren Kopf sinken.

»Ich weiß nicht, wie ich es sagen soll, Asta. Wir müssen den Ausflug verschieben.«

»Was?« In Nullkommanix sitze ich im Bett. Die Müdigkeit ist wie weggeblasen.

»Es tut mir so leid, aber das Stück. Dieses Jahr macht es irgendwie mehr Arbeit. Ich hab die halbe Nacht drüber ge-

134

brütet und einiges an der Geschichte noch mal umgeworfen, ich hoffe, Oscar Wilde hätte mir das nicht übel genommen, würde er noch leben.«

Na klar, das Stück, denke ich. Wie immer. Jetzt bin ich mehr als wach.

»Das Stück, das Stück. Immer das Stück. Gibt's überhaupt noch was anderes, das euch wichtig ist?«

»Ich weiß, dass es sich für dich so anfühlt. Es tut mir leid, es war blöd, so kurz vor der Generalprobe einen Ausflug zu planen, ich hätte es besser wissen müssen.«

Ich starre auf die Blümchentapete, je länger ich hingucke, desto mehr scheint sich die eine Blüte in eine Fratze zu verwandeln.

»Asta, sag was.«

»Asta, sag was«, äffe ich Mamas Stimme nach.

Mama seufzt. Ich sehe, dass sie Augenringe hat.

»Pass auf, Papa und ich, wir müssen heute noch viele Dinge besorgen für die Kostüme und die Ausstattung. Wir treffen uns auch noch mit der Ausstatterin. Und bürokratisches Zeug haben wir auch noch auf der Liste.«

»Da kann ich doch trotzdem mitkommen!«, rufe ich. Mann, ich hatte mich auf den gemeinsamen Tag gefreut. Das kann doch nicht sein, dass jetzt plötzlich alles ausfällt. Alles wegen diesem blöden Theater.

»Sicher, du könntest mitkommen, aber niemand hätte Zeit für dich, du wärst die ganze Zeit allein. Das ist doch kein Ausflug! Wir wollten den Tag mit dir verbringen und das klappt nicht. Heute nicht. Lass uns das nach der Premiere nachholen, dann haben wir alle wieder den Kopf frei. Verstehst du mich?«

Ich lasse mich aufs Kopfkissen fallen und drehe mich um zur Wand. Mamas Hand rutscht von meiner Schulter ab.

»Erst soll ich eine Rolle kriegen, dann hab ich keine mehr. Ich muss auf Lucy aufpassen, damit ihr eure Ruhe habt. Und jetzt gibt es nicht mal mehr einen Ausflug für mich.«

Mama seufzt. »Ich verstehe, dass du sauer bist. Ich verstehe es wirklich gut. Ich möchte gern alle glücklich machen: den Prinzen, das Publikum und vor allem dich. Aber es geht nicht alles gleichzeitig.«

Mama steht auf und geht an mein Fenster.

»Dieser Ort stellt uns dieses Jahr vor neue Herausforderungen, was? Erst dein Lampenfieber, dann die Entdeckung von Ringos Talent, sein Ärger mit seinen Eltern, deine Enttäuschung, das Stück, das ich erst lange nicht richtig fassen konnte. Aber jetzt hab ich die richtige Idee. Ich weiß, auch für dich ist es diesen Sommer anders als sonst. Aber wenn die Premiere erst mal geschafft ist, dann wird es doppelt so schön. Verzeih uns, wir versuchen, alles wiedergutzumachen.«

»Wo ist Papa?« Meine Stimme klingt patzig.

»Der ist zur Waldbühne und holt was. Er holt mich gleich ab, wir müssen uns beeilen. Ich wollte dich aber nicht so früh wecken.«

Dann kommt Mama an mein Bett und streicht mir über den Kopf.

»Verzeih mir.« Dann geht sie hinaus.

Ich liege im Bett und starre an die Decke. Wenig später hupt es auf der Straße, dann geht unten die Tür, Mamas Schritte,

136

die Autotür, Gas geben, weg sind sie. Ich werfe wütend die Decke von mir und gehe ans Fenster. Draußen sieht alles wie immer aus, kein Hinweis darauf, dass in diesem Sommer der Wurm drin ist.

Ich gehe runter. Auf dem Frühstückstisch steht ein kleiner Gugelhupf, glänzend schokoladig braun, so wie ich es liebe, außerdem ein Glas Milchshake mit einem Papierschirmchen drin. Daneben liegt ein Zettel mit einem Herz drauf. Ach, Mama, ach, Papa. Ich nehme den Gugelhupf in beide Hände und beiße im Ganzen hinein. Dann einen großen Schluck von dem Shake, hm, Erdbeer. Ich esse fast den ganzen Kuchen, ich glaube, ich platze gleich.

So, und was mach ich nun? Ringo hat zwar probenfrei, denkt aber, ich bin auf dem Ausflug. Da piept mein Handy. Nachricht von Mama.

Schmutz, Steine, Asche über mein Haupt! Ich hab auch noch vergessen, die Wäsche aus der Waschmaschine aufzuhängen. Ich weiß, das ist jetzt blöd, aber kannst du die Wäsche aufhängen, Asta? Frau Müller wird sonst säuerlich … seufz. Ich mach es wieder gut, Kuss, Mama

Das kann doch nicht wahr sein! Auch das noch! Mama ist echt durch den Wind. Ich könnte die Wäsche einfach in der Maschine lassen und gehen. Könnte ich machen. Aber das bringe ich jetzt doch nicht fertig. Ich gebe mir einen Ruck und zerre das ganze Zeug aus dem Bullauge. Die meisten Sachen sind von mir.

Jetzt beginnt der Kampf mit der Wäschespinne. Wer denkt sich so ein bekloppptes Gerät aus? Statt jetzt schön in einem weichen Kinosessel zu sitzen, mit einem Eimer Popcorn auf den Knien, stehe ich hier und versuche, die Wäsche möglichst gerade auf das Leinenwirrwarr zu hängen. Frau Müller hat sich mit einem Kaffee danebengesetzt und erzählt, was sie früher alles machen musste und wie gut es dagegen Kinder von heute haben. Ich bin noch so müde von letzter Nacht, dass mir immer wieder schwindelig wird. Missi, die Katze von nebenan, sitzt im Gras und miaut. Ihr Miauen klingt wie eine rostige Tür, eine Tür zu einem kleinen Tunnel, in dem ich mich jetzt am liebsten verkriechen würde.

»Du darfst die Wäsche nicht so eng hängen! Und vorher jedes Teil ausschütteln und gerade ziehen, Mädchen. Sonst wird das nichts.«

Mir reicht's. Ich knalle die Hose von Papa, die ich gerade in der Hand habe, zurück in den Wäschekorb.

»Dann machen Sie's doch, wenn Sie alles besser wissen!«

Jetzt ist es raus. Das war unhöflich, aber egal. Frau Müller schnappt nach Luft, ich hau ab. Kurz entschlossen steige ich auf eines der Fahrräder der Pension, die wir immer benutzen dürfen, wenn wir dort wohnen. Ich fahre zu Ringo. Vielleicht hab ich ja Glück und er ist da und tut so, als würde er lernen. Je näher ich seinem Haus komme, desto unwohler fühl ich mich. Außerdem hab ich ein schlechtes Gewissen wegen Frau Müller, dass ich sie da einfach hab stehen lassen mit unserer Wäsche.

Ich stelle mein Rad an Ringos Zaun ab und schleiche leise auf dem Kiesweg zur Haustür. Die Garage steht offen, ich höre jemand, der drinnen ist.

»Ringo!«, rufe ich.

Ich öffne die Garagentür ein Stück weiter und plötzlich steht Herr Bode vor mir. Er kommt raus und versucht gleich, die Tür hinter sich zu schließen, aber ich kann noch sehen, dass da drin Chaos herrscht. Er scheint irgendwas zu bauen.

»Was machst du hier?« Es ist eher ein Knurren als eine Frage.

»Ich will zu Ringo.«

»Der ist nicht da. Ringo ist nach Mürbitz. Mit seiner Mama und seiner Schwester.«

Na, der hat's ja gut. Mein Ausflug fällt ins Wasser, dafür macht Ringo einen, unverhofft.

»Was ist da drin?« Ich zeige auf die Garage.

»Du kannst alles essen, musst aber nicht alles wissen«, knurrt Herr Bode wieder. Doch dann glättet sich sein Gesicht. »Ist ein Geheimnis. Behalt es mal für dich.«

»Ich weiß ja gar nicht, was es ist.«

»Besser so.«

Er ist echt schräg drauf heute, Ringos Papa. Aber irgendwie sind das heute ja alle.

Ich will mich gerade umdrehen und gehen, da sagt Herr Bode: »Wart mal. Komm doch mal kurz rein.«

Zögernd folge ich ihm in die Garage. Hier riecht es nach frischem Holz und alles ist voller Späne. Musik läuft, es sind wieder die Beatles, Herr Bode fährt voll auf die ab. Jetzt singen sie irgendwas über Lucy. Und mittendrin steht etwas, das aussieht wie …

»Eine Bank«, sagt Herr Bode. »Es soll eine Überraschung für meine Frau werden. Sie ist noch nicht fertig. Wie findest du sie?«

Wieso fragt der mich? Was, wenn ich jetzt das Falsche sage? Herr Bode kriecht mit seinen Augen fast in mich hinein, dicke Schweißperlen stehen auf seiner Stirn.

»Meinst du, ich soll sie farbig anmalen oder holzfarben lassen?«

Als ob ich das nun wüsste, echt!

»Mmh«, ich denke laut nach, um Zeit zu gewinnen. »Hat Ihre Frau eine Lieblingsfarbe?«

»Grün«, antwortet Herr Bode wie aus der Pistole geschossen.

»Dann würde ich sie grün anmalen.«

Herrn Bodes Gesicht glättet sich. »Stimmt«, murmelt er. »Ja. Das ist gut.«

Er nimmt Schleifpapier und glättet eine Stelle auf der Sitzfläche.

»Hör mal, du hältst doch Ringo nicht vom Lernen ab, oder?« Jetzt guckt er mich nicht mehr an. Na, wenn der wüsste.

»Ich? Nö.«

Wenn ich ihm jetzt erzählen würde, was Ringo so die ganze Zeit macht. Der würde Augen machen.

»In den Ferien soll man sich eigentlich vom Lernen erholen«, sage ich und beiß mir sofort auf die Zunge.

»Ach so. Damit kennst du dich wohl aus?«

»Sie arbeiten doch auch nicht im Urlaub.«

Herr Bode richtet sich auf und lässt die Arme sinken und seufzt. »Ja«, sagt er irgendwie müde. »Ja, ja.«

»Nur weil Ringo mal ein paar schlechtere Zensuren auf dem Zeugnis hat, heißt das nicht, dass er jetzt dumm wird. Ringo ist so klug, das wissen Sie doch auch.«

Herrn Bodes Augen werden immer größer. Er überlegt, will was sagen, sagt doch nichts und winkt schließlich ab. Vielleicht hätte ich das alles nicht sagen sollen? Egal.

»Ich fahr dann mal wieder«, sag ich schnell.

Herr Bode nickt. Er bleibt so lange auf dem Kiesweg stehen, bis ich wieder auf meinem Fahrrad sitze und weiterfahre. Er hebt zum Abschied kurz den Zeigefinger, so wie er es bei Papa gemacht hat, und irgendwie fühlt sich das gut an.

Auf der Straße fällt die Langeweile wieder über mich her, sie hat wahrscheinlich die ganze Zeit an der Ecke gelauert. Und jetzt? Was mach ich jetzt? Ohne nachzudenken lenke ich mein Rad Richtung See. Dort lass ich mich fallen. Zum Glück hab ich meinen Rucksack mit den Badesachen dabei. Ich breite mein Handtuch aus und ziehe mein Handy aus der Tasche. Wanda hat schon lange nicht mehr geschrieben, ich habe sie vernachlässigt. Ich tippe ihr eine Nachricht.

Du kannst dir gar nicht vorstellen, wie bescheuert dieses Jahr hier alle sind. Weiß nicht, wie ich das überstehen soll. Kann's gar nicht abwarten, bis wir uns wieder sehen.

Hoffentlich schreibt sie schnell zurück. Aber die Häkchen hinter der Nachricht färben sich einfach nicht blau, Wanda hat ihr Handy wohl irgendwo liegen gelassen. Wahrscheinlich surft sie gerade – oder schnorchelt im Atlantik. Eine riesige Welle von Neid erfasst mich, wenn ich mir vorstelle, was Wanda sich unter Wasser alles angucken kann, wovon ich nur träume. Ich muss sofort ins Wasser. Ich tauche unter, alles um mich herum ist kalt und weich. Ich schwimme, so schnell ich kann, pflüge durch das Wasser, die Bewegungen sind wie automatisch. Dann liege ich auf dem Rücken, das Wasser ist mein Bett, ich schaue in den Himmel. Ich halte die Luft an und lass mich kopfüber ins Wasser hinuntergleiten. Unter Wasser sein fühlt sich an, als wäre man in der Unendlichkeit gelandet. Ich muss daran denken, was Ringo gesagt hat: Als ob er sich selber beim Spielen zuguckt. Ein bisschen ist es bei mir so unter Wasser. Ich bin ganz bei mir und kann mich selber betrachten, ohne dass ich einen Spiegel brauche. Das hört sich irre an, so irre, dass ich es niemandem erzählen könnte. Außer Ringo natürlich, der würde das verstehen.

Ich schwimme zurück an Land und hole Schnorchel und Maske. Ich gucke meinen Armen und Händen unter Wasser zu, wie sie sich bewegen. Kaulquappen ziehen an mir vorbei. So viele auf einmal, und alles ist still. Alles ist leiser, sanfter, langsamer hier. Ich denke an das Märchen von der kleinen Meerjungfrau, die im Meer ihr Zuhause hatte und das aufgegeben hat für einen Prinzen, der noch nicht mal merkt, dass die Meerjungfrau ihn liebt, und eine andere heiratet. Sie hat das Meer einfach aufgegeben und sogar in Kauf genommen, dass sich jeder Schritt an Land anfühlt, als würde jemand mit vielen kleinen Messern auf ihre Fußsohlen einstechen. Ich laufe aus dem See und stelle mir vor, wie das ist, wenn jeder Schritt solche Schmerzen bereitet. Arme Meerjungfrau. Ich kringel mich auf dem Grasstück zusammen und träume mich noch einmal in den See, unter Wasser, und schließe die Augen. Ich bin so müde.

Als ich aufwache, ist mein Mund ganz trocken, der Kopf tut mir weh und auf meinem Arm sitzt ein riesiger glänzender Käfer. Panisch schüttele ich ihn ab und schau mich um. Ich bin immer noch allein. Oder? Ich reibe mir die Augen. Genau genommen weiß man doch im Wald nie, ob man wirklich allein ist, denn hinter jedem Baum könnte jemand stehen. Vielleicht umarmt die Eisverkäuferin wieder einen von ihnen und beobachtet mich dabei. Ich suche meine Trinkflasche im Rucksack. Mist, ich hab ganz vergessen, die aufzufüllen. Schnell stehe ich auf und gehe mit den Füßen ins Wasser, das ist so schön kühl. Die Wasseroberfläche lässt meinen Blick nicht durch und jetzt weiß ich es: Ich bin traurig. Ich bin müde und traurig, nicht wütend oder so. Ich will jetzt nicht allein sein und gleichzeitig will ich niemanden sehen. Toll. Und was mache ich jetzt? Wenn wenigstens Uli hier wäre.

Langsam trotte ich durch den Wald, das Rad schiebe ich. Wie laut so ein Wald sein kann. Vogelgezwitscher, in der Ferne ein Hund, ständig knackt und raschelt es. Nur ich bin ganz still. Ich komme an die Weggabelung, wo es links zur Waldbühne geht. Es kommt mir ewig vor, dass ich dort war. Aber jetzt ist bestimmt keiner da. Mama und Papa sind in der Stadt, die anderen haben frei und bestimmt verbringen Lutz oder Lena-Marie ihren freien Tag nicht auch noch auf der Bühne.

Das Tor ist abgeschlossen, aber ich weiß, wo man durchschlüpfen kann. Alle Stuhlreihen sind leer. Die Bühne sieht viel kleiner aus als sonst. Ein paar von den großen Boxen stehen auf der Bühne, da, wo die Menschen in der Stadt mit dem glücklichen Prinzen wohnen. Langsam gehe ich nach vorn, steige auf die Bühne. Ich weiß nicht, warum, aber ich ducke mich ein bisschen, obwohl niemand hier ist, der mich sehen könnte. Ich denke daran, wie ich mich zuletzt hier gefühlt habe, als ich spielen sollte. Ich klettere in eine der Boxen. Ein klitzekleiner Tisch steht hier drin und drauf liegt ein ganzer Stapel Streichholzpackungen. Das ist die Box des

Streichholzverkäufers, hier also sitzt Ringo während der Vorstellung. Sachte streich ich über die Wände. Wäre alles anders gekommen, wäre es jetzt meine Box und ich hätte am Freitag Premiere. Nun hat Ringo Premiere.

»Asta, was machst denn du hier?«

Vor Schreck kreische ich auf. Uli steht plötzlich auf der Bühne, in der einen Hand einen Akkuschrauber.

»Mann, Uli, hast du mich erschreckt!« Schnell klettere ich aus der Box.

»Ich schraub noch ein bisschen am Bühnenbild herum.«

Ich setz mich an den Bühnenrand und lass die Beine baumeln.

»Du siehst traurig aus.«

Ich nicke.

»Trauerst du der Bühne noch nach?«

Ich zucke mit den Schultern.

Uli legt den Akkuschrauber weg. Seine Augenbrauen klettern ein Stück Richtung Stirn. »Sag, was ist denn schlimmer? Dass du nicht mehr die Rolle spielst? Oder dass Ringo jetzt die Rolle spielt?«

Ich schau Uli entsetzt an. Autsch. Das sind knifflige Fragen. Auf den ersten Blick sind sie gleich, aber eigentlich fragen sie nach zwei völlig unterschiedlichen Dingen. Ich werde rot.

»Musst nicht antworten, Asta. Nur so als Gedankenanregung. Ist auch nicht schlimm. Wir wären doch keine Menschen, wenn wir nicht unter unseren Enttäuschungen leiden würden.«

Uli nimmt sich einen Stuhl und setzt sich vor die Bühne, genau vor mich. Er setzt sich langsam auf den Stuhl und macht Geräusche dabei. Uli ist so alt und plötzlich kriege ich Angst, dass er irgendwann mal nicht mehr da sein könnte, wenn ich nach Geschrey komme. Er soll immer da sein, genauso wie dieser Sommer eigentlich genauso sein sollte wie die vorigen. Aber offensichtlich gibt's das nicht, das etwas immer gleich bleibt.

»Was macht der Schnorchel?«

»Mein bester Freund!«

Uli lächelt.

»Und wieso unternimmst du nichts mit Ringo?«

»Den hab ich verpasst, der ist in Mürbitz.« Ich seufze laut.

»Ja, mach dir nur ruhig Luft.«

Ich schaue Uli fragend an.

»Komm, gleich noch mal, wir zusammen, und los!«

Und Uli holt ganz tief Luft und seufzt ganz laut. Ich mache mit. Ich hole so tief Luft, dass sich mein ganzer Oberkörper streckt und beim Seufzen und Ausatmen wieder hinuntersackt. Das machen wir drei Mal und dann muss ich lachen.

»Siehste, schon besser. Manchmal reicht schon eine Extraportion Sauerstoff.«

»Sauerstoff und Wasser«, ergänze ich.

»Genau, Wasser macht uns glücklich.« Uli zwinkert mir zu.

»Ich hab schon ganz lange in deinem Buch geblättert. Eines Tages will ich da auch mal runter, ganz tief ins Meer.«

»Das wirst du, da bin ich mir sicher.«

»Weißt du«, sage ich, »manchmal stelle ich mir vor, ich würde wie eine dieser Leuchtquallen durch das dunkle Wasser wabern und sanft mit den Schleiern wedeln.«

Uli lächelt. »Schleier, das trifft es gut. Sie sehen aus, als hätten sie einen Schleier auf. Es ist verrückt, was da alles so herumschwimmt, was? Alles Leben kommt aus dem Meer, wir kommen alle irgendwie aus dem Wasser.«

Alles Leben kommt aus dem Meer, ich überlege, was Uli damit sagen will. Ich stelle mir vor, wie eine Gruppe zotteliger Urmenschen aus dem Ozean ans Land wankt, mit Algen bedeckt, die Finger ganz schrumplig. Das meint er bestimmt nicht. Aber ich brauch nicht lange zu warten, Uli erklärt:

»Vor Millionen Jahren war ja alles nur mit Wasser bedeckt, die ganze Erde, und irgendwann ist in diesem Wasser Leben entstanden. Aber wie nur?«

Ich schau ihn ratlos an.

»Eines Tages hat ein Mann ein Experiment gemacht. Er hat Wasser in ein Gefäß gefüllt und ein paar Gase dazugetan, die es früher auch im Meer gab. Und dann hat er in diesem Gemisch elektrische Entladungen gezündet, in etwa so, als würden Gewitterblitze das Wasser treffen. Und nach einer Weile sind in diesem Wasser chemische Verbindungen entstanden, die heißen ›Aminosäuren‹ und sind ein wichtiger Bestandteil der Zellen aller Lebewesen. Das war der Anfang. Klingt kompliziert, ist aber ganz einfach. Es sind immer weitere chemische Verbindungen dazugekommen, bis irgendwann der erste klitzekleine Organismus da war.«

Uli seufzt noch mal, holt tief Luft und lehnt sich zurück. Ich muss das erst mal ordnen, was er da gerade erzählt hat.

»Meinst du, wir Menschen stammen von einem Blitz ab?«

Uli lacht laut auf. »Ja, vielleicht, so kann man es auch sehen.«

146

»Ich fühle mich jedenfalls manchmal so.«

Uli nickt bedächtig.

»Wie ein Blitz oder wie ein Gefäß, in dem Blitze einge-schlossen sind und nicht rausdürfen«, sage ich noch.

»Und was machst du dann?«

»Schwimmen. Oder seit Neuestem: tauchen.«

»Sehr gut. Man kann auch rennen, oder schreien. Oder laut Musik hören.«

»Kennst du das denn auch?«

»Na klar, so geht es doch allen Leuten, auch alten. Frag mal deine Eltern. Jeder hat manchmal das Gefühl, er müsse explodieren.«

Manchmal könnte ich Uli einfach nur ganz fest drücken.

»Komm, wir zwei gehen jetzt mal eine Limonade trin-ken. Die können wir beide gut gebrauchen.

Als ich zurück in die Pension komme, überreiche ich Frau Müller einen Strauß Wiesenblumen, den ich unterwegs ge-pflückt habe. Sie nimmt ihn zerknirscht. Ich glaube, sie wollte eigentlich eingeschnappt sein und jetzt hab ich es ihr mit dem Strauß vermasselt. Es dauert aber nicht lange, dann lä-chelt sie wieder. Als Mama und Papa nach Hause kommen, sehen sie unglaublich müde aus. Ich will gar nicht erst hören, was sie zu erzählen haben. Das haben sie nun davon, wenn sie mich einfach hier sitzen lassen. Ich gehe früh ins Bett, schließ-lich muss ich noch von letzter Nacht nachschlafen.

13

Inzwischen sind noch mehr Leute in der Pension Herrlich angekommen. Ein paar Freunde von Mama und Papa und die Bühnenbildnerin, die mit einem Techniker die Bühne fertig einrichtet.

Ich sitze auf der Hollywoodschaukel, als Ringo mich abholen kommt. Er läuft über den Rasen zu mir und macht unsere Geste mit der Hand, sie heißt: Unsere Lippen sind verschlossen. Unsere Vereinbarung gilt noch, kein Wort über alles, was mit dem Theater zu tun hat. Also werde ich auch nicht erfahren, worüber er gerade mit Frau Müller geredet hat. Er meint es ernst. Er wird nicht einmal über die Generalprobe mit mir reden, dabei ist er bestimmt total aufgeregt deswegen.

»Geht's los?«, fragt Ringo, schnappt sich meinen Rucksack, der schon gepackt neben mir liegt, und zieht mich von der Schaukel. Wir steigen auf die Räder und fahren zum See.

»Wie war's in Mürbitz?«, frage ich.

Ringo winkt ab. »Hab gehört, dass du gestern bei mir warst. Blöd, das mit deinem Ausflug. Mürbitz ist ja eh langweilig. Aber ich hab zufällig Freunde aus der Schule getroffen, da haben wir noch Tischtennis gespielt. Das war cool.«

Schön, dass Ringo einen tollen Tag hatte, während ich hier ganz allein rumgesessen hab. Denke ich, sag es aber nicht. Ich hab mich doch auf heute gefreut, wieso gibt es jetzt schon wieder so blöde Gedanken in meinem Kopf!

»Dein Vater hat mir die Bank gezeigt, die Überraschung für deine Mutter. Haben die sich wieder vertragen?«

Ringo lächelt. »Ich weiß nicht genau. Jedenfalls war es heute früh schon viel besser. Sie waren so betont höflich. Irgendwas ist im Busch.«

Na toll, denke ich. »Läuft ja supergut für dich, was? Zu Hause ist wieder alles fein und … « Beinahe hätte ich die Waldbühne in den Mund genommen. Unser Abkommen, fast hätte ich es schon wieder vergessen. »… und bei mir war nicht mal ein Ausflug drin. Ein versprochener, wohlgemerkt«, vollende ich.

»Stell dir vor, heute früh hat Papa sogar gesagt, ich soll es nicht übertreiben mit dem Lernen. Am liebsten hätte ich das mit dem Theater gebeichtet, aber das hab ich mich noch nicht getraut.« Ringo strahlt und scheint überhaupt nicht gehört zu haben, was ich gesagt habe. Und hat mal eben so selber unser Abkommen vergessen. Er merkt's nicht. Sitzt grinsend und gedankenverloren neben mir.

»Hallo!«, rufe ich.

»Was denn?«

»Du hast von der Bühne geredet, unser Abkommen … schon vergessen?«

Ringo seufzt. »Oh Mann, vorhin hat's noch geklappt, ich vergesse es von einem Moment auf den nächsten.«

Hab ich gemerkt. Es wird Zeit, dass ich ins Wasser komme und alles wegspülen kann.

»Los«, sag ich.

»Muss das sein?«, mault Ringo.

»Du kannst ja auch allein auf deinem Handtuch sitzen bleiben.«

Als wir dann endlich im Wasser stehen, zieht Ringo wieder die Schultern hoch. Natürlich ist es ihm wieder zu kalt. Irgendwie wird meine Laune davon noch schlechter. Ich fange einfach an, ihn von oben bis unten vollzuspritzen. Ringo guckt, als ob ich ihm wehtue. Langsam watet er schließlich tiefer ins Wasser und macht ein paar langsame Schwimmzüge. Ich bin schon längst abgezischt, Ringo kann ja nicht mal kraulen.

»Willste auch mal meinen Schnorchel ausprobieren?«, frage ich ihn, als wir wieder am Ufer stehen. Ringo schüttelt den Kopf. Also gehe ich allein wieder ins Wasser, setze Schnorchel und Tauchermaske auf und tauche ein in meine Unterwasserwelt. Hallo Fische, hallo Unterwasserpflanzen! Aber meine Konzentration ist gestört. Immer wieder tauche ich auf und schau zum Ufer. Ringo sitzt missmutig auf der Decke.

»Du kannst einem sogar das Baden vermiesen, so wie du guckst«, sag ich und setze mich neben ihn. »Eben hattest du doch noch gute Laune.«

Ringo zuckt mit den Schultern. »Mit dieser Taucherbrille siehst du komisch aus«, antwortet er.

»Die ist ja auch nicht für einen Schönheitswettbewerb gedacht«, antworte ich.

»So hab ich es nicht gemeint.«

Schweigend sitzen wir eine Weile nebeneinander.

»Warum fährst du eigentlich mit mir an den See, wenn du gar nicht baden willst?«

Ringo guckt mich erstaunt an. »Weil ich mit dir zusammen sein will.«

Schnell drehe ich mich um und gucke in Richtung See.

»Wenn du am See bist, hast du immer ein Lächeln im Gesicht«, sagt Ringo.

»Und wieso lächelst du nicht?«, frage ich zurück. Und jetzt, als ich ihn angucke, weiß ich ganz genau, dass er an die Waldbühne denkt, aber er sagt nichts.

Ein Wassertropfen läuft aus Ringos Haaransatz hinunter und bleibt in seiner Augenbraue hängen. Die sind ganz blond geworden. Oder sieht das nur so aus, weil Ringos Gesicht von der Sonne braun geworden ist?

»Ich werde nie so schwimmen können wie du«, sagt er leise.

Plötzlich nähern sich Stimmen. Zum ersten Mal in diesem Sommer sind wir nicht allein am See. Ringos Laune wird noch schlechter.

»Können die nicht woanders hingehen?«, mault er.

Am Bootssteg packt die Gruppe schwarze Anzüge und Sauerstoffflaschen aus, es sind Taucher. Das gibt's doch gar nicht!

»Guck doch!« Ich hocke mich neben Ringo. »Echte Taucher!« Begeistert knuffe ich ihn in den Oberarm.

»Au«, stöhnt Ringo.

Langsam schlender ich zu den Tauchern rüber, Schnorchel und Tauchermaske noch in der Hand, wie zum Erkennungsmerkmal. Einer sieht das auch sofort.

»Bist du eine von uns?«, fragt er.

Ich schüttel den Kopf. »Ich muss erst noch tauchen lernen.«

»Gute Entscheidung«, sagt der Mann.

»Gehen Sie jetzt da rein?«

Alle nicken.

»Wie tief tauchen Sie?«

»Unterschiedlich, einige wollen so sechs Meter runter und die vielen Unterwasserpflanzen anschauen, die da wachsen, aber ich will noch tiefer.«

Stumm beobachte ich, wie die Männer und Frauen ihre Anzüge anziehen, ihre Geräte überprüfen. Sie verwandeln sich. Es sieht total aufregend aus. Ich setze mich neben eine Frau.

»Findest du wohl spannend?«

Ich nicke. »Was gibt es denn in dem See alles zu sehen?«

»Na, kleine Wäldchen gibt es da unten. Süßwasserpolypen, Flusskrebse, Fische. Und ein altes Schiffswrack.«

»Echt! So ein richtiges altes wie in einem Piratenfilm?«

Die Frau lacht. »Nein, das ist nur so dreißig Jahre alt, glaube ich.«

»Ach so.« Ich lache rüber zu Ringo. Der lacht nicht.

»Lass mal deinen Freund nicht so allein da drüben sitzen«, sagt die Frau.

»Das ist nicht mein Freund«, sage ich ganz schnell.

»Ich meine doch *ein* Freund«, berichtigt sie sich.

Ich nicke. »Erzählen Sie mir noch was von da unten?«, bitte ich sie. »Ich kann es gar nicht abwarten, selber runterzugehen.«

Sie lacht. »Also erst mal kannst du Du zu mir sagen. Und

das Tauchenlernen wirst du sicher nicht bereuen. Vielleicht kommst du nächstes Jahr wieder als Taucherin. In unserem See ist die Sichtweite am besten im Frühsommer, weil dann die Wasserflöhe ganz viel von dem Plankton aufessen. Dann ist weniger los, man nennt das Daphnien-Klarheit.«

»Daphnien-Klarheit«, wiederhole ich andächtig. Was für ein schönes Wort.

»Und ganz besonders schön finde ich auch, wenn die Barsche laichen, also ihre Eier ablegen, das sieht aus, als schweben lauter Spitzendeckchen durch das Wasser.«

Ich versuche, mir das irgendwie vorzustellen, aber es klappt nicht. Weil ich so was noch nie gesehen habe. Ich habe keine Ahnung, wie Barschlaich aussieht. Ich werde verrückt, ich will das auch alles sehen!

»Hast du gehört, Ringo!«

Ringo nickt abwesend. Endlich steht er auf und kommt zu uns rüber. Die Taucher überprüfen ihre Sauerstoffflaschen.

Jetzt sind sie fertig und besteigen das Boot, die Flossen haben sie noch in der Hand. »Gut Luft«, sagt die Frau noch mit einem Augenzwinkern. Ich steh am Rand und seh ihnen nach, wie sie Stück für Stück im Wasser verschwinden. Wenn ich doch mitkönnte!

»Daphnien-Klarheit und Barschlaiche«, sage ich laut.

»Ich versteh nur Bahnhof«, antwortet Ringo.

»Weil du dich nicht dafür interessierst«, sage ich vorwurfsvoll.

Das Boot mit den Tauchern hat den See in Bewegung versetzt, das Wasser schwappt ans Ufer, ich halte meinen großen Zeh hinein und schon ist die Verbindung hergestellt: Asta und Wasser, das reimt sich ja fast!

»Ich glaube, wir sollten unsere Vereinbarung erweitern«, sagt Ringo plötzlich neben mir.

»Was meinst du?«

»Ich rede nicht mehr von den Proben, du aber dafür nicht vom Tauchen und dem ganzen Zeug. Das wäre doch gerecht, oder?«

»Wieso das denn jetzt?«

»Ich langweile mich. Ich will was mit dir unternehmen, mich mit dir unterhalten, aber du denkst nur ans Tauchen.«

»Aber Tauchen ist megaspannend. Hör doch mal zu, was die für aufregende Sachen erzählen.«

»Für dich vielleicht.«

Wann war Ringos Stimme das letzte Mal so laut? Ich kann mich nicht erinnern.

»Du willst doch auch nichts davon hören, was mich interessiert. Nie darf ich was von dem Stück erzählen. Nicht mal, wenn ich kurz vor meiner ersten Generalprobe stehe! Dabei ist das Theaterspielen das Beste und Schönste, was ich je erlebt habe. Das weißt du! Aber du tust so, als wäre es nichts. Als würde die Welt untergehen, wenn du dir einmal anhörst, dass ich das gut mache. Das ist es nämlich, Asta, ich bin richtig gut auf der Bühne. Ich kann das!«

Was redet der denn da!

»Dass wir nicht mehr übers Theater reden, war doch deine Idee!«

»Die ganze Zeit nehme ich Rücksicht auf dich, aber jetzt reicht es mir. Was mit mir ist, fragst du nie!«

Ringo stößt mit dem Fuß gegen eine der Taschen der Taucher, dann lässt er mich einfach stehen und stapft zu unserer Decke und zieht sich an. Ich weiß nicht, was ich sagen soll. Irgendwas drückt mir auf den Hals. Ohne etwas zu sagen, steigt Ringo aufs Rad. Ich kann sehen, dass ihm die Tränen über die Wangen laufen. Jetzt ist mir auch kalt.

Und schon stehe ich allein am See. Eine einsame Mosaikjungfer fliegt über das Wasser, sie stoppt, fliegt weiter, stoppt, fliegt weiter. Was mach ich denn jetzt? Warte ich eben allein, bis die Taucher wieder hochkommen. Ist mir doch egal. Ringo begreift aber auch gar nichts. Spinnt der total? Bloß gut, dass der jetzt weg ist. Der soll sich lieber noch mal seinen Text für die Generalprobe heute angucken. Ich verschränke die Arme und warte. Doch von den Tauchern keine Spur. Wie lange dauert so ein Tauchgang eigentlich? Plötzlich ist meine ganze Lust aufs Schnorcheln dahin. Ringo hat geheult. In meinem Bauch zieht sich was zusammen. War ich gemein zu ihm? Eigentlich weiß ich doch, dass Ringo sich nicht die Bohne für Schwimmen und Tauchen interessiert. Aber hey, der kann doch froh sein! Er darf spielen, er kriegt Applaus, er ist gut. Und ich? Ich hab Grund zum Heulen, nicht er.

Nach einer Weile ziehe ich mich an, steige auf mein Rad und fahre Schritttempo, so langsam, dass ich fast mit dem Rad umkippe. Wenn ich falle, habe ich verloren. Aber ich falle nicht, im letzten Moment trete ich in die Pedale und kann das Gleichgewicht gerade noch so halten. Das Rad quietscht leise, meine Gedanken dröhnen durch den Wald. *Was mit mir ist, fragst du nie*, hat Ringo gesagt.

Im Ort fahre ich einfach so herum und weiß gar nicht, wohin, einfach rechts, links, rechts, links. Plötzlich stehe ich in dem Park, in dem ich mit Lucy die Heinzelmännchenburg gebaut habe. Viel ist nicht mehr von ihr übrig. Wie auf Kommando höre ich hinter mir ein Krähen. Da steht Frau Bode mit Lucy an der Hand, die ganz aufgeregt auf mich zeigt. Lucy reißt sich los und kommt zu mir gerannt, nimmt meine Hand, redet irgendwelches Zeug und hebt eines der Rindenstückchen auf, dass damals ein Möbel darstellen sollte.

»Für Pferdi!«, kräht Lucy und strahlt mich an. Mir war gar nicht bewusst, dass das Lucy so großen Spaß gemacht hat, dass sie jetzt noch Begeisterungsausbrüche bekommt. Ich kann aber immer noch nichts sagen, ich sehe immer noch Ringo vor mir, wie er weint und mich anschreit.

»Weißt du, was sie damit meint?« Frau Bodes Stimme klingt unsicher. Skeptisch schaut sie abwechselnd zu mir und zu Lucy.

»Theater«, sagt Lucy.

Frau Bodes Gesicht ist voller Fragezeichen.

»Was meinst du mit ›Theater‹?«, fragt Frau Bode und beugt sich zu Lucy runter. Doch die hüpft los und singt irgendwas.

»Sie meint bestimmt einen der Nachmittage, an denen ich mit Ringo gelernt habe«, ringe ich mir eine Antwort ab. Ich versuche, nicht an Ringo zu denken. Frau Bodes Gesicht wird weich.

»Habt ihr das denn wirklich? Wenn ich du wäre, würde ich auch nicht in den Ferien lernen. Das war eine Schnapsidee. Wir quälen Ringo damit nur, das machen wir jetzt anders. Es bringt ja auch nichts, in den Ferien zu lernen.« Sie seufzt. »Zurzeit ist alles ein bisschen chaotisch bei uns, aber es wird besser.« Frau Bode hört gar nicht mehr auf mit Reden.

»Und wenn wir erst mal den Kindergartenplatz für Lucy in Mürbitz haben …« Frau Bode wischt sich übers Gesicht.

Ich nicke stumm. Versuche, das Gesicht von Ringo in meinem Kopf beiseitezuschieben. *Was mit mir ist, fragst du nie.*

Lucy zeigt aufgeregt mit dem Finger auf ein Beet im Park.

»Was ist, Kleines?«, fragt Frau Bode. »Da wächst Frauenmantel in dem Beet.« Sie sieht nun auch zu mir. »Schaut, auf seinen Blättern liegen oft Wassertropfen. Man sagt, diese Tropfen haben magische Kräfte, man kann sie sich auf die Schläfen tupfen.« Frau Bode lächelt bedeutungsvoll. Doch Lucy kräht weiter, latscht mitten in den Frauenmantel und holt dort die alte, ausgezutschte Capri-Sonne hervor, die sie neulich in ihrer Heinzelmännchenburg verbaut hat. Bestimmt hat der Wind sie hierhergeweht.

»Bett, Bett«, kräht sie.

Frau Bodes Stirn legt sich in Falten. »Überall liegt dieser verdammte Müll herum. Gib her, Lucy.«

Lucy guckt ziemlich bedröppelt, als Frau Bode das Pferdi-Bett zerknüllt und in die Tasche stopft. Sie sieht meinen Blick.

»Mit meiner Umweltgruppe sammeln wir gerade den Müll in Geschrey. Wir wollen ihn dann am Ende des Monats auf dem Markt präsentieren, da kommen ein paar Säcke zusammen. Vielleicht kriegen die Leute dann eine Vorstellung davon, was sie anrichten, wenn sie einfach so was kaufen und in die Gegend schmeißen. Man muss ganz schön hartnäckig sein, bis die Leute anfangen nachzudenken«, sagt sie.

Ich nicke.

»Ich bin jedenfalls froh, dass Ringo dich hat, Asta.«

Frau Bode merkt nicht, dass ich im Moment nicht über Ringo reden kann, sie spricht einfach weiter.

»Ihr seid so gute Freunde, das ist wichtig. Dieses Jahr werden wir auf jeden Fall alle zusammen zur Premiere kommen! Ganz bestimmt.«

Meine Gedanken sausen im Kopf rum. Die Bodes kommen zur Premiere! Weiß Ringo das? Dann muss er es ihnen wohl beichten, dass er heimlich im Stück mitspielt. Und was redet sie: *gute Freunde?* Von wegen. Das hab ich ja vorhin gemerkt. Kaum hab ich das Tauchen für mich entdeckt, findet Ringo es uninteressant. Er will nur noch über sein Theaterspielen reden.

Und dann geht alles ganz schnell. Es kommt einfach so aus mir heraus, ich kann nichts dagegen tun:

»Dann freuen Sie sich bestimmt, dass Ringo dieses Jahr mit auf der Bühne steht!«

Frau Bodes Lächeln bricht ab.

»Ringo? Auf der Bühne? Wie meinst du das?«

»Na«, jetzt fange ich an zu stottern. Ich bin gerade dabei, Ringo zu verpfeifen! Meinen Ringo! Das will ich doch gar nicht. Aber jetzt ist es zu spät.

»Sag schon, wie meinst du das?«

»Na, na, na … Ringo probt doch schon seit fast zwei Wochen mit meinen Eltern.« Meine Stimme wird immer leiser.

»Was erzählst du denn da? Das kann doch nicht sein, Asta, das hätte Ringo uns doch erzählt.«

Frau Bodes Augen wandern in meinem Gesicht umher, ich glaube, sie begreift gerade, dass Ringo sie belogen hat. Dann verabschiedet sie sich ganz plötzlich. Lucy dreht sich um und winkt mir fröhlich.

Nein! Ich wünschte, unter mir würde sich die Erde auftun und mich verschlucken. Was habe ich nur getan? Erschrocken presse ich die Hand vor meinen Mund. Ich habe Ringo verpfiffen! Ihn verraten! Meinen besten Freund! Ich hasse mich!

Jetzt werden seine Eltern bestimmt ein Riesenfass aufmachen, jetzt, wo gerade alles wieder besser wurde, und die Premiere fällt ins Wasser und an allem bin ganz allein ich schuld. Jetzt muss ich weinen. Ich lasse mich auf eine Bank sinken, es ist dieselbe, auf der ich damals saß, als ich mit Lucy hier war. Da habe ich mich schon doof gefühlt, aber hätte ich gewusst, was noch alles passieren wird ...

In meiner Tasche macht es *bling*. Eine Nachricht von einem Unbekannten, die Nummer kenne ich nicht. Doch schnell merke ich, dass es Wanda ist, die da schreibt.

Hey Asta, ich schreibe dir von Mamas Handy, meins ist in den Atlantik gefallen. ☺ Was ist los? Chill mal! Sonst gefällt es dir doch in Geschrey immer. Melde mich, wenn ich wieder zu Hause bin.

Ich habe Angst. Aber wovor? Was habe ich nur getan?! Mechanisch stehe ich auf, nehme mein Rad und laufe los. Beim Gehen kann ich besser nachdenken. Ich könnte wieder zurück zum See fahren, untertauchen und nie wieder hochkommen. Wenn das ginge! Aber ich bin ja kein Fisch, ich kann mich nicht im See verstecken.

Plötzlich stehe ich vor der Eisdiele. Die Eisverkäuferin winkt mich heran. Was wollen denn heute alle von mir? Zögernd gehe ich an das Fenster.

»Weißt du, was Waldbaden ist?«, fragt sie mich und schaut sich um.

Hat sie wirklich *Waldbaden* gesagt? Ich schüttele den Kopf.

»Das kommt aus Japan, weißt du. Das funktioniert wie eine Therapie, man geht in den Wald, riecht den Duft, baut Stress ab und kommt zur Ruhe.«

Die Eisverkäuferin redet leise, sodass ich automatisch näher an das Fenster trete, aus dem sie rausschaut.

»Das hab ich da gemacht, im Wald, weißt du, Waldbaden. Das machen jetzt viele.«

Sie guckt mich an, als ob sie eine Antwort erwartet. Waldbaden, denke ich, als ob das irgendwas besser machen würde. Doch die Eisverkäuferin guckt mich immer noch so an. Kann sie mich nicht einfach in Ruhe lassen, ich hab andere Sorgen.

»Hm«, überlege ich laut. »Es gibt ja in Geschrey zum Glück genug Bäume.«

Sie nickt. »Aber brauchst du nicht unbedingt weitertratschen, dass du mich da gesehen hast, hörst du?«

Ich nicke. Sie hält mir ihre Hand aus dem Fenster hin. Vorsichtig drücke ich sie.

»Komm, ich lad dich auf eine Kugel ein.«

Und schon stehe ich mit einem Eis auf dem Fußweg und muss mein Rad deshalb wieder schieben. Irgendwie hab ich das Gefühl, dass ich das Eis nur gekriegt habe, damit ich das nicht petze mit dem Baumumarmen. Bäh, es ist Lavendeleis.

Das habe ich bestimmt bekommen, weil es sonst keiner kauft. Ringo hat recht, es schmeckt wie Seife. Ringo! Es tut mir alles so leid! *Ja, das ist alles nur passiert, weil du so doof warst am See.* Oder war ich doof? Hab ich mich wirklich nicht genug für ihn interessiert? Wieso habe ich meinen besten Freund verpfiffen? Ist doch klar, dass ich mich jetzt mies fühle. Was soll ich denn jetzt machen? Ich könnte zur Waldbühne gehen, mich auf die Bühne stellen und alles erzählen. Dass ich so sauer bin, weil ich das mit der Streichholzverkäuferin nicht hingekriegt habe, Ringo aber schon. Dass wegen Ringos Rolle der ganze Sommer durcheinandergekommen ist. Dass er immerzu auf Lucy aufpassen muss. Dass sich niemand dafür interessiert, dass ich jetzt tauchen will, und alle immer nur über das blöde Stück reden! So! Aber das trau ich mich nicht. Am besten ist, ich tu einfach so, als wäre gar nichts gewesen.

Als ich weit genug weg von der Eisdiele bin, schmeiß ich das Eis in eine der Mülltonnen, die auf dem Fußweg stehen, weil sie heute früh gelehrt wurden.

Vorsichtig betrete ich die Pension, so vorsichtig, als wäre hier alles mit Glasscherben gepflastert. Alle sind gerade dabei, sich für die Generalprobe fertig zu machen. Lutz hat schlechte Laune, er ist aufgeregt und geht murmelnd auf der Terrasse auf und ab. Lavinia drückt sich eine Wärmflasche auf den Bauch und nippt an einer Tasse Tee. Mama steht im Flur, hat das Textbuch aufgeschlagen und macht sich Notizen. Papa rennt die Treppe hoch, verschwindet im Zimmer, kommt wieder raus, stiert in die Luft, dreht sich auf dem Absatz um und geht wieder hinein. Dann kommt er die Treppe runter, streichelt erst Mama über den Kopf, dann mir. Alles scheint normal chaotisch. Niemand ahnt, was gerade passiert ist.

»Kommst du wenigstens heute mit, Asta?«, fragt Papa. »Als moralische Unterstützung?«

»Ich habe Bauchschmerzen«, sage ich.

»Wo genau?«, fragt Papa und will mir auf dem Bauch rumdrücken. Ich wehre ihn ab. Er guckt. Ich glaube, er merkt, dass ich lüge. Aber er macht keine weiteren Anstalten, mich zu überreden. Er ist mit anderen Dingen beschäftigt.

Ob Ringos Eltern inzwischen schon ausgerastet sind? Ob Ringo überhaupt zur Generalprobe kommen kann, weil er inzwischen bestimmt aufgeflogen ist? Ich fühl mich so schlecht.

»Hast du was?«, fragt Mama. Zum Glück ist sie in Gedanken so mit der Generalprobe beschäftigt, dass sie keine Antwort erwartet.

Als endlich alle fort sind, setze ich mich in den Frühstücksraum der Pension und starre auf die große Uhr, die dort hängt. Es dauert eine Ewigkeit, bis der Minutenzeiger an Frau Müllers riesiger Wanduhr einen Schritt nach vorn macht. Zeit fühlt sich blöd an, wenn man zuguckt, wie sie vergeht. Jetzt haben sie angefangen. Ob alles gut läuft? Wenn irgendwas passiert wäre, hätten sie mich bestimmt längst angerufen. Also ist Ringo zur Generalprobe gekommen. Also weiß er vielleicht auch noch nicht, dass ich ihn verpetzt hab. Was mache ich jetzt? Zu Uli gehen? Ach, der ist doch bestimmt auch bei der Generalprobe. Soll ich rausgehen und auch einen Baum umarmen?

Warum habe ich ausgerechnet Ringo als Freund? Das ist eine Ringo-Frage. Wenn er weiß, was ich getan habe, wird er mir bestimmt nie wieder eine seiner Fragen stellen. Das geht doch nicht! Aber warum ist Ringo mein Freund? Warum nicht irgendein anderes Kind aus Geschrey? Hab ich ihn mir ausgesucht? Eltern kriegt man einfach. Genauso wie Groß-eltern. Und Lehrer. Man kann nichts dagegen machen. Aber Freunde, die hat man nur, wenn man selbst es will. Ringo ist mein Freund, weil er Ringo ist. Und ich Asta. Aber jetzt, ist das jetzt alles vorbei? Ich hab's vermasselt.

14

Auweia, es ist schon nach zehn und ich liege noch im Bett. Ich reibe mir die Augen und muss kurz überlegen, was heute für ein Tag ist. Stück für Stück kommt alles von gestern in mein Gedächtnis. Heute ist Premiere und inzwischen ist bestimmt alles aufgeflogen. Als Mama und Papa gestern von der Generalprobe kamen, hab ich mich schlafend gestellt. Aber einschlafen konnte ich ewig nicht. Stunde um Stunde habe ich mich hin und her gewälzt, bin aufgestanden, habe durchs Fenster hinaus in die Dunkelheit gesehen, habe tausend Mal überlegt, ob ich mich zu Ringo schleiche und wir uns im alten Kindergarten aussprechen. Aber das hab ich mich nicht getraut. Ich weiß ja nicht, wie Ringo reagiert hat, als er erfahren hat, was ich getan habe. Also bin ich lieber hiergeblieben. Es muss sehr spät gewesen sein, als ich dann doch endlich eingeschlafen bin.

Die Premiere beginnt um drei. So oft war ich schon bei einer Premiere in Geschrey dabei, so oft. Jedes Mal war ich aufgeregt: ob die Zuschauer das Stück gut finden, ob alles klappt, ob das Wetter gut ist und so weiter. Aber dieses Jahr ist alles anders. Dieses Jahr kann ich nicht hingehen. Ich weiß ja nicht mal, ob sie stattfinden wird. Wenn Herr und Frau Bode Ringo gestern erst nach der Generalprobe zur

Rede gestellt haben, dann wissen Mama und Papa inzwischen bestimmt Bescheid. Bestimmt haben die Bodes gleich angerufen und gesagt, dass es so nicht geht. Aber dann würden Mama und Papa doch schon längst vorwurfsvoll an meinem Bett stehen. Ich verkrieche mich wieder unter die Decke. Das halte ich aber nicht lange aus, es wird zu warm, ich schlage die Decke wieder zurück. Angestrengt lausche ich in die Pension, es ist so still. Die Ruhe vor dem Sturm?

Eine dicke Fliege kommt angebrummt und setzt sich auf meine Nase. Bäh, das kitzelt und außerdem ist es eklig. »Wer weiß, wo die vorher schon gesessen hat«, sagt Mama immer mit angewidertem Blick. Ich wedele die Fliege weg und stelle mir vor, dass sie auf einem großen Hundehaufen saß. Bäh. Schnell weg mit dem Gedanken. *Bsssst*, da ist sie wieder und versucht, auf meiner Wange Platz zu nehmen. Und wieder, und wieder, die macht das mit Absicht. Vielleicht ist die vorher auch in einer der stinkenden Mülltonnen herumgekrabbelt, die gestern auf dem Fußweg standen. So eklig! Ich schlage die Decke zurück, gehe ans offene Fenster und zieh die Gardine zurück, damit sie rausfliegen kann. Doch die Fliege findet das Fenster nicht, Mann, stellt die sich doof an. Sie ist doch auch irgendwie reingekommen. Ob die mich sehen kann, mit ihren komischen Augen?

Leise gehe ich auf den Flur und schaue ins Nebenzimmer, es ist leer. Aber aus dem Frühstücksraum unten dringen auch keine Geräusche und ein Blick aus dem Fenster zeigt: Auch die Terrasse ist leer. Mama und Papa sind schon weg, bestimmt haben sie nach der Generalprobe gestern wieder Änderungen in letzter Minute gemacht – am Text, am Bühnenbild oder sonst was –, die sie heute, kurz vor der

Premiere, noch umsetzen müssen. Es ist jedes Jahr das Gleiche. Sie haben mich schlafen lassen. Ich werde ja bei der Premiere nicht gebraucht. Erst kriege ich es nicht hin mit der Streichholzverkäuferin, dann versaue ich auch noch Ringo alles. Und Mama und Papa gucken blöd aus der Wäsche. Was wird jetzt aus der Rolle?

Plötzlich höre ich Schritte auf der knarzenden Treppe. Das ist bestimmt Frau Müller. Das Letzte, worauf ich jetzt Lust habe, sind ihre guten Ratschläge.

»Ist hier jemand da?«, ruft sie auf dem Flur. Ich verstecke mich hinter meiner Tür, presse mich ganz flach gegen die Wand. Und tatsächlich öffnet sie einfach meine Tür, ohne anzuklopfen! Obwohl sie sofort sehen müsste, dass ich nicht da bin, kommt sie auch noch ein paar Schritte rein. Ich halte die Luft an. Es raschelt. Sie muss am Schreibtisch sein. Was macht sie da? Dann sagt sie: »Hier sind alle ausgeflogen, junger Mann.«

»Okay. Danke.«

Das war Ringos Stimme! Ringo ist hier! Er steht gleich hinter der Tür. Und er weiß es! Oh nein! Er weiß es! Jetzt sucht er mich bestimmt, damit er mir gehörig die Meinung geigen kann. Ich presse mich noch weiter an die Wand, halte die Luft an, mein Hals wird ganz eng. Warum kann man nicht einfach unsichtbar werden, wenn man es braucht? Das ist wirklich mal eine Frage, auf die es keine Antwort gibt. Keine! Dann wird die Tür von außen geschlossen. Auf Zehenspitzen gehe ich zum Fenster, wenig später überquert Frau Müller mit Ringo die Straße. Frau Müller redet, Ringo aber dreht seinen Kopf hoch in Richtung meines Fensters, schnell trete ich einen Schritt zurück. Er sieht so traurig aus.

Ja, er ist traurig, wütend sieht anders aus. Er guckt, als wüsste er, dass ich hier oben bin. War er hier, um mir zu sagen, dass ich ihm von nun an den Buckel runterrutschen kann? Wollte er wissen, warum ich ihn verraten habe? Ja, aber genau das ist auch eine Frage, auf die ich keine Antwort weiß.

Ich weiß nicht, warum ich das gemacht habe.

Ich schleiche runter in den Garten. Dort sitzt Missi. Vorsichtig streichele ich ihr weiches Fell. Missi klappt die Augen runter, streckt mir ihren Kopf entgegen und schnurrt. Sie ist so weich. Ich zwirbele ihre Ohren zwischen Daumen und Zeigefinger, Missi hat sie wie zwei kleine Hütchen aufgerichtet, sie fühlen sich seltsam lebendig an. Ich merke, dass ich Hunger habe. Im Frühstücksraum steht mein Frühstück unter einer Netzhaube, damit die Fliegen nicht drangehen. Ein Ei, ein Joghurt, ein Glas Saft und zwei geschmierte Brote. Mit Käse und Gurkenscheiben. Der Käse ist am Rand schon ein bisschen gewellt. Ich rieche an den Broten und diese Mischung aus Käse und Gurke lässt mich plötzlich an die Wandertage denken, früher in der Grundschule. Das ist genau der Geruch, der sich breitmachte, wenn ich da meine Brotbüchse geöffnet habe. Ich weiß nicht, wer mir damals diese Brote geschmiert hat, Mama oder Papa, aber Gurkenscheiben auf dem Käse gab es nur zu besonderen Anlässen wie zum Beispiel Wandertag. Damals war irgendwie alles viel einfacher als jetzt. Wir sind sorglos durch den Wald gelaufen. Nur als Wanda eine dicke Blase an der Ferse bekam, wurde es ungemütlich. Das ist alles so lange her. Schon damals habe ich Ringo gekannt. Wie viele Jahre kommen wir eigentlich schon im Sommer nach Geschrey?

Ich nehme den Teller und sehe den kleinen Zettel, der darunter liegt.

Bis nachher, mein Schatz. Komm nicht zu spät. Wir sind sehr aufgeregt. Kuss, Mama

Und darunter steht noch:

Astalavista! Heute stoßen wir an und feiern!

Als sie den Zettel geschrieben haben, wussten sie also noch von nichts. Ich beiße mechanisch in das Käsebrot. Ich löffele mein Ei. Ringo ist der einzige Mensch, den ich kenne, der Senf auf sein Frühstücksei schmiert. Senf! Das muss man sich mal vorstellen. Würde ich nie machen. Missi springt auf den Tisch und nähert sich schnuppernd meinem Teller. Frau Müller würde jetzt schimpfen. *Das ist unhygienisch*, würde sie sagen. »Unhygienisch« ist eines der Wörter, die Frau Müller oft benutzt. Ich lasse Missi auf dem Tisch sitzen und flüstere in ihr Hütchenohr: »Bei mir darfst du immer auf den Tisch.« Ich rupfe den Käse in kleine Stückchen. Missi beschnuppert ihn ausgiebig mit ihrer rosa Nase, aber dann leckt sie nur ein paarmal lustlos an ihm herum.

Jetzt piept mein Handy. Bestimmt Wanda! Ich öffne die Nachricht, doch sie ist nicht von Wanda. Sie ist von Mama. Sie hat ihre Strickjacke vergessen und auch noch das Textbuch, ich soll alles so schnell wie möglich zur Waldbühne bringen. Ist das zu fassen? Wie kann man als Regisseurin das Textbuch vergessen, wenn man zu seiner eigenen Premiere geht?! Und ich darf jetzt alles schön hinterhertragen. Aber was passiert, wenn ich dann an der Waldbühne bin und alles rauskommt ... Ich wollte mich doch lieber verstecken! Stumm starre ich auf das Handy. Mama hat noch einen zerknirschten Smiley angehängt.

Die Nachricht klingt so, als wüsste sie immer noch nicht, dass Ringos Heimlichkeit aufgeflogen ist. Und jetzt? Bringe ich die Strickjacke hin? Oder antworte ich einfach gar nicht? Ich könnte so tun, als wäre ich am See und mein Handy wäre ins Wasser gefallen. Das könnte ich. Aber für diese Ausrede müsste ich mein Handy wirklich ins Wasser schmeißen. Dann wäre es kaputt und das wär blöd. Ich könnte die Strickjacke und das Textbuch hinbringen und erst mal gucken, was los ist. Ein bisschen kommt es mir jetzt vor, als wäre alles gar nicht passiert. Als hätte ich Frau Bode nicht getroffen und ihr nicht gesagt, was Ringo seit fast zwei Wochen macht. Ach, das wäre so schön, wenn man etwas ungeschehen machen könnte.

Ich gehe hoch, um mich anzuziehen. Wenn ich mich seitwärts hinstelle, kann ich meine Brüste sehen. Ich ziehe das T-Shirt wieder aus und hole mir einen der BHs, die Mama mal mit mir zusammen eingekauft hat. Es fühlt sich komisch an, dieser BH-Streifen, der sich nun quer über meinen Rücken spannt. Ständig habe ich das Gefühl, dass er hochrutscht. Dann bürste ich meine Haare und mache einen Dutt, ganz streng, keine einzige Locke guckt raus. Nebenan liegt Mamas Textbuch auf ihrem Nachttisch. Es ist voller roter Striche und Gekritzel, ich kann Mamas Schreibschrift nicht lesen. Und jetzt sollte ich wohl los.

Mechanisch trete ich in die Pedale und schon bin ich im Wald. Nicht mehr weit, und da hinten ist sie schon, die Waldbühne. Ich denke an den Tag, als ich diesen Sommer das erste Mal herkam und dachte, alles wird ganz toll. Es kommt mir vor wie vor einer Ewigkeit. Vorsichtig stelle ich mein Fahrrad vor der Bühne ab. Das mulmige Gefühl in meinem Bauch wird immer stärker.

»Da bist du ja endlich!«, ruft Mama sofort, als sie mich zwischen den Stuhlreihen entdeckt. »Es ist schon weit nach Mittag, was hast du die ganze Zeit gemacht?«

Ich sehe die hektischen Flecken auf Mamas Gesicht. Hinter ihr Papa, der entnervt einen Stapel Notenblätter durchblättert. Lutz, Lena-Marie, Lavinia und Marc sitzen am Bühnenrand, sie gucken nicht gerade entspannt. Lutz ist ganz mit einer grauen Farbe eingepinselt, damit er aussieht wie eine Statue. Überall wuseln Leute rum, die ich vom Sehen kenne. Ein Mann schraubt an irgendwelchen Kabeln rum. Ein anderer bürstet eine goldene Jacke mit funkelnden Steinen, die ist bestimmt für den Prinzen, also für Lutz. Alle sind normal. Also so normal, wie man vor einer Premiere nur sein kann. Mama nimmt seufzend das Textbuch und gibt mir einen Kuss. Sie weiß nichts! Aber sie fragt auch nichts. Zum Beispiel, warum ich heute so lange im Bett geblieben bin. Sie hätte ja mal fragen können, wie es mir geht.

»Weißt du, wo Ringo bleibt?«, fragt Mama.

Nur das will sie wissen!

»Keine Ahnung!«

»Seit wann hast du bei Ringo keine Ahnung?«, fragt Papa, der nun neben uns steht. Er reibt sich die Hände, das macht er immer, wenn er nervös ist.

Hinter mir gibt es plötzlich ein Geräusch und ich stehe in einer Wolke Schneeflocken. Der Theaterschnee landet auf meinem Kopf, auf den Armen, überall.

»Doch nicht jetzt« sagt Mama zu jemandem, der hinter mir steht. »Verplemper doch nicht den teuren Schnee«, sagt

Papa. Hinter mir brummelt jemand was. Ich schüttele mir den Schnee aus den Haaren.

Mamas Gesicht wird noch sorgenvoller, sie starrt auf die Schneemaschine, die nun weggetragen wird.

»Hoffentlich bringt Ringo heute nicht die kleine Lucy mit, zumindest nicht vor der Vorstellung«, überlegt Mama laut. »Hat er irgendwas gesagt, muss er heute auf sie aufpassen?«

»Na, und wenn«, sagt Papa, »dann hilfst du uns, oder, Asta? Noch ein Mal?!«

Ich starre Papa an wie durch eine Wand. Alles verschwimmt zu einem Brei: die künstlichen Schneeflocken, Sonnenlicht, der Schatten der Bäume, Lena-Maries Sprechübungen im Hintergrund, Mamas Seufzen. Und mein mulmiges Gefühl.

»Helfen?«, piepse ich.

Papa winkt plötzlich einem Mann zu, der hinten am Eingang auftaucht.

»Na endlich«, murmelt er. Und dann zu mir, ohne mich anzugucken:

»Sollte Ringo Lucy mit dabeihaben, dann drehst du mit der Kleinen vor der Vorstellung noch eine Runde, ja? Wir müssen uns doch jetzt ganz extrem konzentrieren.«

Typisch! Das ist ja mal wieder voll typisch. Ich gucke zu Mama, sie nickt ernst.

Mir schießen die Tränen in die Augen, ich muss schnauben wie ein Pferd. Okay, sie wissen noch nicht Bescheid, sie wissen nicht, was passiert ist, aber sie können doch echt nur an sich denken. Als ob sich die Welt nur um ihr Stück dreht.

»Das musst du heute für uns tun, Große«, sagt Papa.

»Das ist genauso wichtig wie eine Rolle spielen, weißt du. Den anderen den Rücken frei halten.«

Große, klar, jetzt bin ich die Große, wo es gut passt. Und jetzt ist es, als würde jemand eine Colaflasche öffnen, die zuvor ganz doll geschüttelt wurde. Ich explodiere.

»Nein!«, brülle ich, so laut ich kann. »Das könnt ihr vergessen!« Ich weiß, dass sich das nicht gehört, aber jetzt, in diesem Moment, ist es wirklich, als stamme ich von einem Blitz ab. Ich kann nicht anders, es ist in mir drin und brodelt und macht kleine Bläschen und jetzt explodieren alle auf einmal.

»Und überhaupt! Ihr habt ja gar keine Ahnung! Es ist überhaupt nicht klar, ob Ringo kommt!«

Mama und Papa stehen wie festgeschraubt vor mir. Alle, die auf der Bühne sind, sind plötzlich ganz still und gucken zu uns her. Meine Stimme fängt an zu zittern, doch ich brülle weiter: »Ihr könnt mich alle mal! Aber so was von!« Ich sehe die Empörung in Mamas Gesicht, Papa guckt mich mit dem Gesicht an, das ich von ihm kenne, wenn ich krank bin.

Und dann dreh ich mich einfach um und renne los.

»Asta!«, Papas Stimme donnert durch den ganzen Wald. »Was ist denn los? Komm wieder her!«

Aber ich renne weiter … bis ich am Ausgang fast in Ringo hineinrenne. Ich gucke ihn an und die Tränen laufen mir über die Wangen. Von Lucy ist keine Spur zu sehen. Ich weiß nicht, ob ich schon mal so einen Gesichtsausdruck an Ringo gesehen habe, jedenfalls kann ich einfach nicht sagen, was er bedeutet. Er ist ernst, aber ganz ruhig, er guckt mich an, aber er sagt nichts, er macht nichts. Ein riesiger Schluchzer wälzt sich in meiner Brust rauf, er steigt immer höher im

Hals, immer höher, und bevor er rauskommt, renne ich weiter. Ich drehe mich nicht um, ich kann Ringos Blick nicht länger aushalten. Als ich hinter mir Schritte höre, werde ich noch schneller. Wer rennt da hinter mir her? Die Schritte kommen näher, doch zum Glück habe ich mein Fahrrad vorhin nicht angeschlossen. Ich springe auf und weg bin ich. Ich rase wie angestochen zum See. Ich schau mich nicht um.

Und dann ist es, als ob ich aufwache. Das zweite Mal heute. Der See gluckert mich leise an und ich heule immer noch. Vielleicht bin ich verrückt geworden? Ich denke an all die erschrockenen Gesichter. Ich kann mich nie wieder an der Waldbühne blicken lassen. So was kann man nicht wiedergutmachen! Ich streife meine Schuhe von den Füßen und gehe ins Wasser. Die Kälte an den Beinen lässt mich ein bisschen klarer denken. Doch ich muss schon wieder heulen. Ich schäme mich.

Ich drehe mich um, ich bin allein. Natürlich habe ich wieder mal weder Badeanzug noch Schnorchel mit. Aber ich muss ins Wasser. Es muss mich trösten. Ruckzuck bin ich ausgezogen und drin. Wasser, überall um mich rum, Wasser, es kühlt meine brennenden Augen. Ich tauche unter, ich will das gedämpfte Rauschen in den Ohren hören. Ob das Wasser einen Rat weiß, was ich jetzt machen soll? Es sagt nichts. Ich stelle mir vor, ich wäre jetzt irgendwo in Afrika und ein Krokodil käme und bisse mir ein Bein ab. Ich würde es gerade noch so an Land schaffen, wie verrückt blutend, man würde mich erst später finden und dann wäre bestimmt alles vergessen, was ich gesagt und getan habe. Dann wären alle froh, dass sie mich wenigstens lebend wiederhaben, wenn auch nur mit einem Bein. Man kann, glaube ich, auch mit einem Bein tauchen. Man kann überhaupt immer tauchen und schwimmen, egal, was man getan hat, sogar wenn man sich wie ich gerade total bescheuert aufgeführt hat. Dem See ist es egal. Ich kraule ganz langsam, lege den Kopf dabei seitwärts ins Wasser, es ist, als ob das Wasser meine Wange streichelt. Vielleicht weiß das Wasser doch Rat, es sagt, ich soll weiterschwimmen und mich beruhigen. Und dann? Wenn jetzt wenigstens Uli hier wäre! Was hat er gesagt? Manchmal reicht es schon, eine Frage zu stellen, auch wenn man keine Antwort darauf weiß, hat er gesagt.

Wie konnte das alles passieren?

Ich habe meinen Ringo verraten, das ist los. Ringo steht jetzt auf der Bühne, wo ich eigentlich sein wollte, das ist los. Ich war so blöd, dass mich jetzt keiner mehr leiden kann, das ist los. Vielleicht habe ich meinen besten Freund verloren? Bin ich überhaupt noch die Asta, die ich kenne? Wie spät mag es jetzt sein? Ob die Vorstellung schon angefangen hat? Ist der Zuschauerraum voll, bis auf den letzten Platz belegt? Ich merke, dass ich zittere, mir ist kalt. Bestimmt schwimme ich seit einer Stunde hier, oder vielleicht noch länger? Oder kürzer? Ich weiß gar nichts mehr. Im Wasser fühlt es sich immer irgendwie unendlich an, als ob es keine Zeit mehr gibt. Ich drehe um und beginne, an Land zu schwimmen.

Was in aller Welt ist das?

Vor Schreck tauche ich einmal kurz unter.

Dort am Ufer steht Ringo! Ganz allein! So fühlt es sich an, wenn einem das Herz in die Hose rutscht! Man braucht gar keine Hose, ich habe ja nichts an. Was in aller Welt macht Ringo hier? Der muss doch jetzt auf der Bühne stehen!

15

Ich bewege meine Füße und Arme, damit ich nicht untergehe, nur Kopf und Hals gucken raus aus dem Wasser. Ringo guckt zu mir, er macht nichts, er guckt nur. Ich guck zurück.

»Dreh dich um!«, brülle ich. Ich muss es noch zwei Mal brüllen, bis Ringo schnallt, was ich von ihm will.

Ich schwimme so nah ans Ufer heran, wie es geht, dann renne ich aus dem Wasser. *Pitsch, pitsch, pitsch,* machen meine Füße. Ich renne zu meinem Kleiderhäufchen und lasse Ringos Rücken dabei nicht aus den Augen. Den BH kriege ich in der Eile einfach nicht an, er klebt auf der Haut und ich finde den Verschluss nicht mit den Händen auf dem Rücken. Ich stopfe ihn einfach in die Tasche meiner kurzen Hose.

»Kannst dich umdrehen.«

Ringo sieht schrecklich aus. Wir sagen eine Weile gar nichts.

Ich merke, wie das Wasser aus meinem Dutt in mein T-Shirt läuft, ich muss mir die Haare auswringen. Es dauert, bis ich den Knoten gelöst habe. Ringo sieht mir stumm zu.

»Wenn du jetzt hier bist, fällt doch die ganze Premiere ins Wasser!« Ich kann den Satz kaum zuende bringen, weil mir schon wieder die Tränen kommen. Kaum auszumalen, was es jetzt für eine Aufregung geben muss an der Waldbühne.

»Ich weiß«, sagt Ringo. »Aber es ging nicht anders.«

»Du bist hier, weil du mir sagen willst, dass du nicht mehr mein Freund sein kannst. Stimmt's? Weil ich dich bei deinen Eltern verraten habe.« Jetzt muss ich doch die verschränkten Arme lösen, denn meine Nase läuft wegen der ganzen Heulerei.

»Niemals!« Ringo brüllt fast. »Ja, du hast gepetzt. Und Mama und Papa waren gestern Abend, als ich von der Generalprobe nach Hause kam, ziemlich sauer.«

»Es ist mir einfach so rausgerutscht, ich wollte das nicht, das ist …«

»Ich weiß. Zuerst hab ich gedacht: blöde Asta! Ich war so enttäuscht, ich hab's nicht verstanden.« Ringo hält inne und lächelt in sich rein. Wie kann er denn jetzt lächeln?

»Aber weißt du, dann haben wir gestern Abend endlich über alles geredet, was bei uns blöd gelaufen ist. Das Gestreite von Mama und Papa, die blöde Lernerei, was wir mit Lucy machen, bis sie endlich wieder in den Kindergarten gehen kann. Wir haben richtig gut geredet. Das hätten wir vielleicht nicht, wenn du mich nicht verpetzt hättest. Jetzt ist alles viel besser. Ich krieg sogar mein Handy wieder. Muss nur noch mein Ladekabel finden.« Ringo lächelt.

Ich schniefe laut.

»Und außerdem weiß ich, wie das ist, wenn man etwas macht, was man eigentlich überhaupt nicht will.«

Ich gucke Ringo fragend an.

»Ich hab Lucy mal angeschrien und geschubst, weil sie mich genervt hat. Da ist sie hingefallen und hat sich ganz doll das Knie aufgeschrammt. Dabei weiß ich doch, dass Lucy eigentlich nichts dafür konnte, weil sie ja noch klein ist.

Trotzdem hab ich das gemacht und ich hab mich hinterher schlecht gefühlt.«

»Ich auch. Ich fühle mich so schlecht, das kannst du dir gar nicht vorstellen!«

Es gibt kein Halten mehr, ich heule los. Ich kann Ringo gar nicht anschauen. »Und dann bin ich vorhin auch noch so ausgerastet.«

»Na ja, die haben sich schon wieder eingekriegt, keine Sorge.«

»Aber jetzt, jetzt bist du auch noch weggelaufen!«

Ringo pult mit der Schuhspitze im Gras.

»Das war eigentlich auch blöd. Aber wie gesagt, es ging nicht anders. Ich kann mich doch jetzt nicht auf die Waldbühne stellen und spielen. Nach allem, was passiert ist. Und so traurig, wie du vorhin geguckt hast und an mir vorbeigerannt bist, nee, das ging nicht. Ich musste dich suchen. Alles andere war in dem Moment egal. Ich musste mich mit dir aussprechen. Da bin ich einfach aufgestanden und losgegangen, ich wusste ja, wo ich dich finde, ich kenne dich ja.«

In dem Moment gibt es in dem Baum schräg vor uns eine große Bewegung. Ein Graureiher, der ganz oben auf einem Ast sitzt, breitet seine Flügel aus und schwebt schwer und groß eine Runde über unsere Köpfe hinweg. Etwa zehn Meter von uns entfernt landet er und bleibt stehen. Er schaut in unsere Richtung, aber an uns vorbei. Seinen langen Hals hält er wie ein sanft gebogenes S.

»Wie schön«, flüstere ich und schniefe meinen Rotz hoch. Ohne uns zu bewegen, bleiben Ringo und ich stehen und beobachten den Graureiher, der sich ebenfalls nicht rührt. Wir sind wie eingefroren.

Ich lasse mich fallen, Ringo setzt sich neben mich. Er greift meine Hand, ich lasse ihn.

»Das Ganze war von Anfang an eine Schnapsidee, auch dieser Plan, dass wir nicht darüber reden. So ein Quatsch«, sagt Ringo plötzlich in die Stille hinein. »Jeder weiß, dass du dich so darauf gefreut hast, das Streichholzmädchen zu sein. Das hat dann nicht geklappt, gut. Aber ich hätte die Finger davonlassen sollen. Als ob ich nicht gemerkt habe, wie blöd das für dich ist, wenn ich dir die Rolle wegschnappe.«

»Aber du kannst es eben tausend Mal besser als ich. Jeder, der dich gesehen hat, weiß es. Das hab ich doch auch kapiert, es hat nur ein bisschen gedauert.«

Ringo legt seine Arme auf die Knie und schaut in den Himmel. Als er mich wieder anguckt, sind seine Augen noch grüner als sonst.

»Und jetzt? Sind wir noch Freunde?«

»Ja. Wir können doch nicht keine Freunde sein, oder?«

Ringo nickt und überlegt: »Wir teilen die Tage. Erst sind wir wegen mir an der Waldbühne, dann wegen dir am See.«

Ich lache. Er lacht. Es klingt so einfach. Ich kann es immer noch nicht richtig glauben, Ringo hier bei mir. Er hat alles im Stich gelassen, nur wegen mir. Wegen mir lässt er alle anderen an der Waldbühne im Regen stehen. Es ist ihm total egal, was aus der Premiere wird, er will lieber bei mir sein. Ein bisschen fühle ich mich wie nach einem Schleudergang in der Waschmaschine, denn ich hab heute bestimmt schon alle Gefühle gehabt, die es gibt. Was für ein Tag!

Doch dann scheinen wir beide gleichzeitig an das Geschehen auf der Waldbühne zu denken. Was machen die jetzt, ohne den Streichholzverkäufer?

»Ob jetzt alle sauer auf uns sind? Ob sie die Vorstellung echt abgesagt haben?« Ringo überlegt laut. »Nur wegen der kleinen Rolle des Streichholzverkäufers? So wichtig ist die Figur nun auch wieder nicht.«

Ringo guckt mich dunkelgrün an.

»Nee, Ringo«, sage ich laut und bestimmt. »So geht das alles nicht. Wir müssen was machen!«

Alles fühlt sich auf einmal richtig an. Wir müssen nur noch was in Ordnung bringen. Ich springe auf und ziehe Ringo mit hoch.

»Los, jetzt rennen wir zurück zur Bühne. Vielleicht schaffst du es noch bis zu deinem Auftritt!«

»Dein Ernst?«

»Und wie! Los, komm!«

Ohne weiter nachzudenken, ziehe ich Ringo hinter mir her.

Im Stechschritt hasten wir durch den Wald. Gern hätte ich Ringo jetzt von der Eisverkäuferin erzählt, die heimlich Bäume umarmt, aber mir bleibt der Atem weg. Wir müssen uns beeilen, das ist jetzt wichtiger. Ringo guckt auf seine Uhr. Es ist schon halb fünf. Die Vorstellung hat längst angefangen. Aber trotzdem, wir rennen, als wäre es das Wichtigste auf der Welt. Je näher wir der Waldbühne kommen, desto größer wird mein mulmiges Gefühl. Was werden Mama und Papa sagen? Vielleicht reden die gar nicht mehr mit mir. Ach Mann! Siedend heiß fällt mir ein, dass ich doch vorhin mein Fahrrad hatte, das liegt noch am See. Mist, hätte ich Ringo auf den Gepäckträger genommen, wären wir schneller.

»Mein Fahrrad«, keuche ich beim Laufen. Ringo schickt mir einen fragenden Blick, ich winke ab. Zu spät.

Als wir schwer atmend vor dem Eingang der Waldbühne stehen, verlässt mich doch der Mut. Ringo auch. Wir stehen da, keuchen, gucken uns an. Aber was sollen wir jetzt anderes machen als da reingehen. Alles andere wäre schlimmer. Ringo nimmt meine Hand und dann sind wir auch schon drin. Am Einlass sitzt zum Glück niemand mehr.

Wir stehen ganz hinten, hinter all den Stuhlreihen. Alle Plätze sind besetzt. Im Gegensatz zu uns scheint das Publikum gerade den Atem anzuhalten, so still ist es, und in dem Moment kommt Uli auf die Bühne. Uli! Und es ist klar wie Kloßbrühe: Uli ist jetzt der Streichholzverkäufer. Er hat Ringos Rolle einfach übernommen, so wie früher! Weil er natürlich den Text sowieso kann. Ein Raunen geht durch das Publikum. Ringo drückt meine Hand noch fester. Wir stehen wie angenagelt. Ich beobachte Ringos Gesicht. Ist er traurig, weil jetzt Uli statt seiner auf der Bühne steht? Sieht nicht so aus. Er spürt meinen Blick und lächelt mich an.

Wir stehen so da, Ringo hängt seinen Arm über meine Schulter, ich meinen über seine. So bleiben wir bis zum Ende des Stücks. Alle spielen so toll. Lutz steigt als glücklicher Prinz von seinem Sockel und trägt die Schwalbe ins Warme, in die Box des Streichholzverkäufers, damit sie nicht im Winter erfriert, Lena-Marie liegt ganz still in seinen Armen. Mama hat wirklich das ganze Stück geändert. Eigentlich hat Oscar Wilde die Geschichte mit einem ganz anderen Ende geschrieben. In der Geschichte gibt der Prinz all sein Gold und seine Juwelen her, damit es den Menschen besser geht.

Aber jetzt, in Mamas Stück, reicht ihm das nicht mehr, er will sich nicht einfach auf den Müll werfen lassen. Er sucht etwas, was wirklich kostbar ist. Das Kostbare sind wir alle, sagt er. Alle tragen etwas Kleines für das große Glück bei. Ich kriege Gänsehaut. Dann sollen im Publikum alle unter ihrem Stuhl nachschauen, ob sie etwas Schönes finden. Ein großes Gemurmel und Geraschel entsteht und tatsächlich finden alle Zuschauer etwas unter ihrem Stuhl: Vor uns findet einer eines der berühmten Marmeladengläser von Frau Müller. Ein anderer hat ein Foto vom See, von meinem See. Wieder ein anderer hat plötzlich eine Eiswaffel in der Hand. Ich wusste gar nicht, was Mama sich alles ausgedacht hat. Klar, weil wir ja in letzter Zeit überhaupt nicht mehr darüber geredet haben.

Mein Blick schweift durch die Reihen und da sehe ich sie sitzen: Herrn und Frau Bode, Lucy auf ihrem Schoß. Ich stupse Ringo in die Seite, aber er hat sie längst entdeckt. Als das Stück zu Ende ist, gibt es rasenden Applaus, vor allem für Uli. Die Leute klatschen und klatschen und trampeln. »Zugabe«, brüllen sie, so lange, bis alle auf der Bühne noch einmal das Schlusslied singen, Papas Lied! Lutz, Lena-Marie, Marc und Lavinia strahlen um die Wette. Erst nach einer Ewigkeit verebbt der Applaus und die Leute strömen langsam zum Ausgang. Wir stehen immer noch da wie bestellt und nicht abgeholt. Doch da hebt Ringo seinen Finger und zeigt in die Stuhlreihen. Ringos Mama hat sich zu Ringos Papa hinübergebeugt und küsst ihn und er hat seinen Arm um sie gelegt. Ob sie eigentlich schon die grüne Bank bekommen hat? Vielleicht ist sie ja doch nicht grün geworden.

Mama und Papa stehen am Bühnenrand und schauen

jetzt zu mir. Ihre Gesichter sind ernst. Na dann los, Asta, hol dir deine Standpauke ab, deine Strafe oder was auch immer kommt. Langsam gehe ich zu ihnen. Ich komme nicht dazu, bis drei zu zählen, da liegen wir uns alle in den Armen. Ich will anfangen, was zu sagen, doch Mama unterbricht mich sofort.

»Später, später reden wir drüber.«

»Wichtig ist erst mal, dass jetzt alles gut ist«, unterbricht Papa sie.

Ich nicke und schluchze.

Wir wanken zu den Bodes, Papa drückt mir von hinten einen Kuss auf den Scheitel. Ringos Mutter hat schwarze Flecken auf der Wange, ihre Wimperntusche ist zerlaufen. Musste sie etwa wegen des Stückes weinen? Herr Bode hat nicht geweint, er sieht eher aus, als hätte er sich gerade verbrannt oder so.

Papa nimmt Ringo und mich und drückt uns beide ganz fest. Er drückt uns so sehr, dass mein Gesicht ganz nah an dem von Ringo ist, ich kann seine Stoppelhaare und seine Sommersprossen sehen. Er lächelt und mit einem Mal breitet sich überall Ruhe in mir aus.

»Es tut mir leid, dass ich …«, beginnt Ringo schließlich stockend.

Mama schüttelt den Kopf. »Ist noch mal gut gegangen.«

»Oh nein«, sagt Papa gespielt streng. »Eigentlich winkt dir jetzt eine saftige Vertragsstrafe, mein Lieber. Vor der Premiere abhauen, das habe ich noch nie erlebt!«

Ich muss gleichzeitig kichern und heulen.

»Wenn du mal ein professioneller Schauspieler werden willst, musst du noch ein bisschen an dir arbeiten.«

»Schauspieler«, wiederholt Herr Bode ratlos »Da muss ich mich noch dran gewöhnen. Frag mich nur, von wem du das hast?«

»Pieler?!«, kräht plötzlich jemand eine Etage unter uns. Da steht Lucy, strahlt und hebt ihre Ärmchen zu Ringo. Ringo nimmt seine kleine Schwester auf den Arm.

»Lucy ist ja die Einzige in unserer Familie, die dich schon ein bisschen auf der Bühne gesehen hat«, sagt Frau Bode. »Zur nächsten Vorstellung wollen wir dich dann aber auch mal sehen.«

Ringo nickt.

»Bei der zweiten Vorstellung übermorgen spielt er auf jeden Fall«, schiebe ich ganz schnell dazwischen.

Mama schickt mir einen fragenden Blick. »Was ist mit dir? Kommst du denn wenigstens auch zum Zugucken?«

Alle schauen plötzlich zu mir. Ich werde rot. So ein bisschen ist da noch ein komisches Gefühl.

»Ich komme, wenn Ringo spielt, das verspreche ich. Und außerdem will ich jetzt endlich tauchen lernen!«

Die Bodes gucken ganz verwundert, Mama und Papa lachen leise und Mama verdrückt sich eine Träne, das kann ich sehen.

»Bis wir den Kita-Platz in Mürbitz kriegen, wird Frau Müller regelmäßig auf Lucy aufpassen, stell dir vor«, sagt Frau Bode zu Ringo. »Das haben wir vorhin noch besprochen, vor der Vorstellung.«

»Ich hatte das Gefühl, sie freut sich da sogar richtig drauf«, sagt Herr Bode. Lucy strahlt jetzt mich an. Ich stelle mir vor, wie Frau Müller dann die Bratbatzen-Schürze trägt und Spielzeugessen einkauft.

Plötzlich höre ich ein seltsames Geräusch, das mir bekannt vorkommt. Ich habe es schon einmal gehört, in der Nacht, als ich von meinem heimlichen Treffen mit Ringo im Kindergarten nach Hause gegangen bin.

»Das sind bellende Rehe«, sagt Ringo, der sieht, wie ich lausche. Typisch Ringo, dass er das wieder weiß.

»Das klingt wie Husten«, sage ich.

Und dann spüre ich plötzlich einen riesigen Hunger, ich habe seit meinem späten Frühstück nichts mehr gegessen. Und als ob er Gedanken lesen könnte, sagt Papa:

»Ich denke, jetzt gehen wir alle zusammen eine dicke Pizza essen.«

Alle sind dafür.

Auf dem Weg nach draußen stößt Uli zu uns.

»Übermorgen bist du an deinem Platz, den ich heute kurzfristig übernommen habe.«

Ringo nickt schuldbewusst.

»Das war das letzte Mal, dass ich für euch eingesprungen bin.«

»Für uns?«, frage ich.

»Ganz genau, für euch. Das habt ihr zusammen verbockt. Aber nun ist alles gut. Ich wusste, dass sich alles regeln wird. Man braucht nur Geduld und Spucke.«

Uli guckt einen seiner Blicke, bei dem man nichts erwidern kann.

»Kommst du mit Pizza essen?«, fragt Ringo.

»Lass mal, ich bin ein alter Mann und brauche jetzt etwas Ruhe nach der ganzen Aufregung. Wir sehen uns am Sonntag.«

Und weg ist er.

»Ich will, dass Uli ewig bleibt«, sage ich leise und schaue seinem gebeugten Rücken hinterher.

»Ja«, sagt Ringo.

16

»Mama und ich, wir haben gestern Abend gegoogelt«, sagt Ringo. Wir liegen am See.

»Und was habt ihr gefunden?«, frage ich faul und gähne.

»Es gibt in Mürbitz eine Theatergruppe, da geh ich hin, gleich nach den Ferien. Also, wenn die mich wollen.«

»Die wollen dich, da bin ich mir sicher.«

»Und ich muss nicht mehr lernen, zumindest nicht in den Ferien.«

»Warum waren sie da eigentlich so streng mit dem Lernen?«

»Wissen sie, glaube ich, selber nicht. Und Papa hat noch gesagt: ›Wenn du Schauspieler werden willst, brauchst du ja eh keine gute Noten.‹« Ringo lacht.

»Das ist Quatsch.«

»Ich weiß. Aber so ist er eben. Er kann nicht viel damit anfangen. Aber sie fragen mich jetzt ganz viel. Wie das ist, auf der Bühne stehen und so.«

»Wie du am Anfang, erinnerst du dich?«, antworte ich. »Das war hier am See.«

Ringo nickt.

Ich richte mich auf und werfe meine Haare auf den Rücken, Ringo guckt ihnen hinterher.

»Gestern hat Papa wieder angefangen zu schimpfen, als Mama mit ihrer Umweltgruppe angefangen hat. Es geht immer noch um die Müllaktion, da soll jetzt ein riesiges Spektakel auf dem Markt stattfinden mit Protesten und so weiter, da ist ganz viel geplant.«

»Ich finde das gut, was deine Mama macht.«

»Aber Papa hat sich wieder aufgeregt, weil klar wurde, dass Mama die nächste Zeit wieder ganz viel zu tun hat und deswegen oft nicht da ist. Da hat Mama gesagt, er soll doch einfach mitmachen, dann hätten sie auch mehr Zeit, die sie miteinander verbringen. Da war er überrumpelt.«

Ich stell mir vor, wie Herr Bode verstummt und nicht weiß, was er sagen soll, wenn er sonst schon nicht viel sagt.

»Und was ist dann passiert?«

»Er hat dagesessen und vor sich hin gemeckert. Der hat richtig mit sich gekämpft. Weißt du, er kann es nicht leiden, wenn sich etwas verändert, da wird er manchmal richtig stur. Und dann hat er gesagt: Okay, er kommt mal mit gucken, aber nur ein Mal, und zur Bekräftigung hat er auf den Tisch gehauen. Und auf einmal, kannst du dir nicht vorstellen, bricht der Tisch zusammen. Wie in einem Film, *kracks*, weg ist er. Papa hat so blöd geguckt, dass Mama einen Lachanfall gekriegt hat, und dann hat er mitgelacht. Und dann …«

»Was dann?«

»Haben sie geknutscht.«

Ich lege mich auf den Rücken und starre in die Baumkronen, die sich sanft hin und her wiegen. Mir wird ganz warm.

»Hast du schon mal geknutscht, Ringo?«

Ich kann hören, wie er den Kopf schüttelt.

»Ich auch nicht.« Und weil Ringo nichts sagt und mir die Stille plötzlich bedrohlich vorkommt, frage ich:

»Warum kracht ein Tisch von heute auf morgen zusammen?«

»Das ist es ja«, sagt Ringo. »Man denkt die ganze Zeit, dieser Tisch tut nichts, er steht einfach nur da. Aber wenn er erst mal kaputt ist, dann weißt du, dass er sehr wohl etwas gemacht hat. Er war einfach da.«

Ringo. Er ist unglaublich. Ich drehe mich auf die Seite und sehe ihn an. Seine Stoppeln sind ein paar Millimeter länger.

»Lässt du dir jetzt die Haare wachsen?«, frage ich.

Ringo kichert. »Mal sehen.«

Ich lächele. Ich muss jetzt unbedingt in den See. Ich stehe auf, lege Schnorchel und Tauchermaske an und gehe ins Wasser. Kühle empfängt mich. Unendlichkeit. Bedächtiges Gluckern. Glück. Ich drehe mich um und winke Ringo. Er grinst und winkt zurück. Ich tauche unter. Plötzlich kommt ein kleiner Fisch vorbei, einer, den ich noch nie gesehen hab. So ist das, immerzu passiert was Neues, unter Wasser genauso wie an Land. Aber Ringo, der bleibt. Ich tauche auf und guck zu ihm, er hat die Arme unter dem Hinterkopf verschränkt, ein Bein aufgestellt und das andere darübergeschlagen. Das obere Bein wippt zu einem Rhythmus, den nur Ringo im Kopf hat. Obwohl er da am Ufer liegt und ich im Wasser bin, ist er mir ganz nah. Als ob er spürt, dass ich ihn beobachte, dreht er sich zu mir rum. Er hebt seine Hand. Und ich meine. Sommer mit Ringo. Ich glaube, ich muss jetzt auch einmal im Winter nach Geschrey kommen, das ist schon lange überfällig.

Judith Burger

Gertrude grenzenlos

Mit Bildern von Ulrike Möltgen
240 Seiten, gebunden
ISBN 978-3-8369-5957-5

*»Ein tolles Buch über eine
Freundschaft fürs Leben.«*

Evangelischer Buchpreis 2019,

Empfehlungsliste

*»Eine einfühlsam erzählte
Außenseiter-Geschichte und
atmosphärisch glaubwürdige
Darstellung vom Leben in der
damaligen DDR.«*

taz am Wochenende

Beste Freundinnen – für immer, oder?

Gertrude ist neu in Inas Klasse. Sie
ist anders als alle Mädchen, die Ina
kennt. Auch deshalb, weil ihr Vater
Dichter ist und die Familie einen
Ausreiseantrag gestellt hat. Damit
sind sie in den späten Siebzigerjahren
in der DDR Staatsfeinde.
Zum ersten Mal hat Ina eine beste
Freundin! Doch ihre Freundschaft
ist nicht überall erwünscht, schon
gar nicht in der Schule. Das lässt Ina
sich nicht gefallen ...

*Ausgezeichnet mit dem
Gustav-Heinemann-Friedenspreis*

www.gerstenberg-verlag.de

Judith Burger

Roberta verliebt

Roberta ist sich ganz sicher: Sie ist
verliebt!
In Felix, den neuen im Zeichenkurs.
Jetzt muss sie immer und überall an
ihn denken. Felix ist in ihrem Kopf,
ihrem Herz und ihrem Bauch.
Wie kann sie es nur schaffen, dass
Felix sich zurückverliebt? Gut, dass
das Verliebtsein nicht nur Liebeskum-
mer, sondern auch Superkräfte mit
sich bringt!

Mit Bildern von Ulrike Möltgen
200 Seiten, gebunden
ISBN 978-3-8369-6016-8

*»Wunderbar eindrücklich,
herzklopfend neu, bis in letzte
Gedankengänge nachvollziehbar
schreibt die Autorin über das
aufregende Gefühl des
Verliebtseins.«*

Leselotse, Börsenblatt

*»Mindestens alle, die zum ersten
Mal verliebt sind, werden die
Geschichte lieben. Egal übrigens, ob
Mädchen oder Junge.«*

Die Zeit

www.gerstenberg-verlag.de

Judith Burger ist 1972 in Halberstadt geboren und lebt seit fast dreißig Jahren in Leipzig. Nach ihrem Studium der Kultur- und Theaterwissenschaften arbeitete sie lange Zeit als Werbetexterin. Seit einigen Jahren ist sie redaktionelle Mitarbeiterin bei MDR Kultur. Außerdem schreibt sie Radio-Features. Ihre Kinderromane *Gertrude grenzenlos* und *Roberta verliebt* wurden von Presse und Lesern begeistert aufgenommen. 2019 erhielt sie für *Gertrude grenzenlos* den Gustav-Heinemann-Friedenspreis. www.judith-burger.de

1. Auflage 2021
Copyright © 2021 Gerstenberg Verlag, Hildesheim
Alle Rechte vorbehalten
Umschlag von Philip Waechter
Druck und Bindung: GGP Media GmbH, Pößneck
www.gerstenberg-verlag.de
ISBN 978-3-8369-6112-7